CB020078

NOTA DA EDITORA

A José Olympio, uma das mais tradicionais editoras do Brasil, completou 90 anos em 29 de novembro de 2021. Pela ocasião, preparou uma série de reedições de livros históricos, que resgatam projetos clássicos que marcaram o catálogo da Casa e contribuíram decisivamente para a diversidade do mercado editorial brasileiro.

Entre elas está a Coleção Rubáiyát, que agitou o mercado livreiro entre 1930 e 1940 e continua emocionando as pessoas apaixonadas por livros. Inaugurada com o poemário homônimo de Omar Kháyyám, a coleção inicialmente reuniu clássicos orientais desconhecidos no Brasil, em excelentes traduções. Com o tempo, foi ganhando notoriedade e passou também a publicar clássicos ocidentais.

Os elegantes livros da Rubáiyát se tornaram objeto de desejo. A pesquisa, o olhar para o projeto gráfico, a tipografia, a diagramação sofisticada, tiveram a mão do editor-artesão Daniel Pereira, e a execução, provavelmente de todos os títulos, teve à frente Santa Rosa, o produtor gráfico da José Olympio, responsável por inúmeros projetos da editora.

A ronda das estações, *O livro de Job* e *O vento da noite* – os três primeiros títulos que a José Olympio retoma – representam bem o espírito da coleção. Reúnem o melhor da poesia de todos os tempos em reconhecidas traduções do renomado romancista Lúcio Cardoso. Dentre os ilustradores desses primeiros volumes estão Alix de Fautereau, P. Zenker e Santa Rosa.

Com estes volumes, há o desejo de que leitores e leitoras conheçam a importância histórica da Coleção Rubáiyát, de Lúcio Cardoso como tradutor e também da José Olympio como uma das pioneiras e mais inovadoras editoras do país.

O LIVRO DE JOB

Composição de capa e tratamento de imagens de capa e capitulares: Flex Estúdio

Este livro foi revisado segundo o Novo Acordo da Língua Portuguesa.

Reservam-se os direitos desta tradução à
EDITORA JOSÉ OLYMPIO LTDA.
Rua Argentina, 171 – 3º andar – São Cristóvão
20921-380 – Rio de Janeiro, RJ
Tel.: (21) 2585–2000

ISBN 978-65-5847-044-1

CIP-BRASIL. CATALOGAÇÃO NA PUBLICAÇÃO
SINDICATO NACIONAL DOS EDITORES DE LIVROS, RJ

L762 O livro de Job / tradução Lúcio Cardoso... [et al.].
– 1. ed. – Rio de Janeiro : José Olympio, 2022.
(Rubáiyát)

Tradução de: Livre de Job

ISBN 978-65-5847-044-1

1. Poesia. I. Cardoso, Lúcio. II. Série.

CDD: 808.81
21-73085 CDU: 82-1

Meri Gleice Rodrigues de Souza – Bibliotecária – CRB-7/6439

Impresso no Brasil
2022

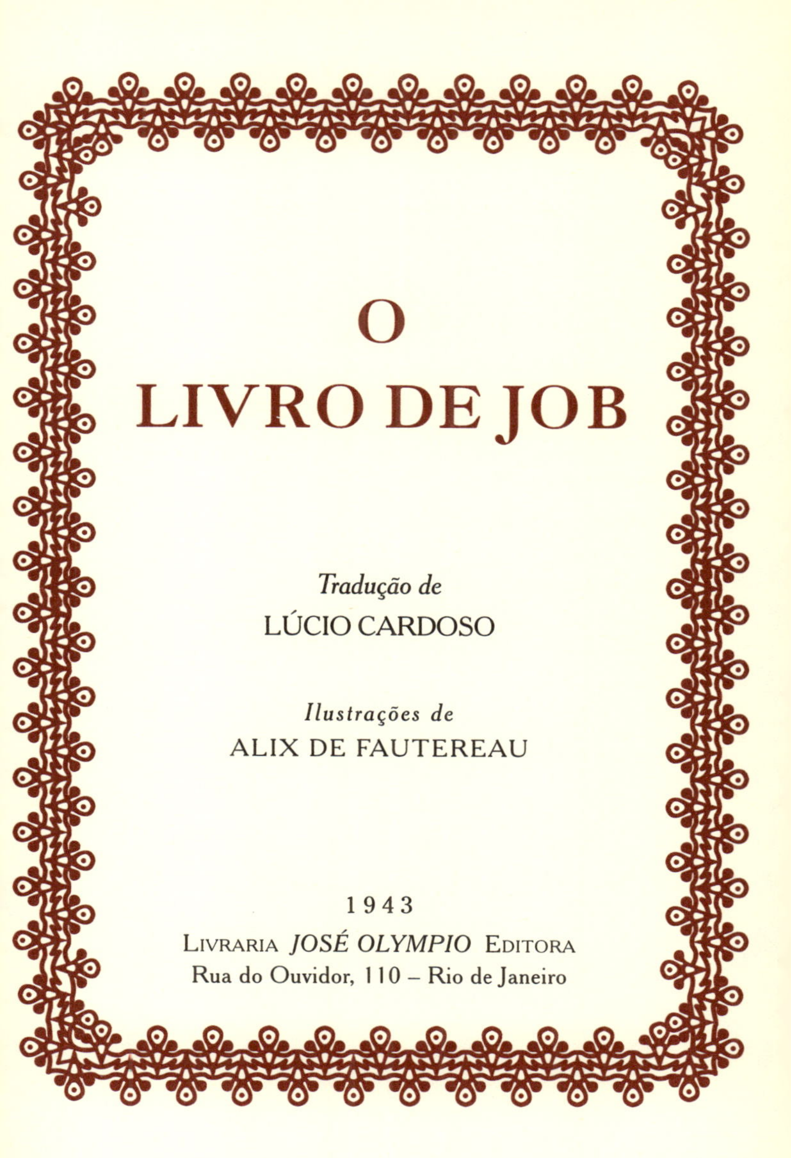

O LIVRO DE JOB

Tradução de

LÚCIO CARDOSO

Ilustrações de

ALIX DE FAUTEREAU

1943

LIVRARIA *JOSÉ OLYMPIO* EDITORA

Rua do Ouvidor, 110 – Rio de Janeiro

NOTA:

Esta versão foi feita de acordo com a francesa de Samuel Kahen, por sua vez diretamente traduzida do hebraico. Na sua revisão foram usadas as traduções de Lemaistre de Sacy e de A. Crampon, bem como várias edições existentes em português. Convém notar que se trata de uma tradução livre.

L. C.

Havia no país de Hús um homem chamado Job; este homem era simples e reto, temia a Deus e se afastava do mal.

Nasceram-lhe sete filhos e três filhas.

Seu rebanho se compunha de sete mil ovelhas, três mil camelos, quinhentas juntas de bois e quinhentas jumentas. Além disto, possuía numerosa criadagem; e este homem era o maior de todos os filhos do Oriente.

Seus filhos iam e se festejavam em suas respectivas casas, cada um no seu dia próprio, e para isto convidavam suas três irmãs, a fim de que viessem comer e beber com eles.

E quando já tinham percorrido o ciclo dos festins, Job mandava procurá-los e os purificava e, levantando-se ao raiar da manhã, oferecia holocaustos em nome de todos, "porque, dizia, talvez meus filhos tenham cometido alguma falta e blasfemado a Deus no seu coração". Assim fazia Job todas as vezes.

Ora, um dia chegou em que os filhos de Deus vieram para se colocar junto a Jeová, e Satã veio também no meio deles.

Jeová disse a Satã: "De onde vens?"

Satã respondeu a Jeová: "Acabo de errar sobre a terra e de percorrê-la."

Jeová disse a Satã: "Prestaste atenção em Job, meu servidor? Pois nenhum é como ele sobre a terra, simples e reto, temendo a Deus e se afastando do mal."

Satã respondeu a Jeová e disse: "Será gratuitamente que Job teme a Deus? Não levantaste uma sebe em torno dele, da sua casa e de tudo o que lhe pertence? Abençoaste a obra das suas mãos, e sua possessão se alargou sobre a terra. Mas estende a tua mão e toca o que ele possui, e verás se blasfemará ou não em tua face."

Jeová disse a Satã: "Eis que deponho em tua mão tudo o que lhe pertence, mas não a estenda sobre a sua própria pessoa."

E Satã saiu da presença de Jeová.

Chegou um dia que seus filhos e filhas comiam e bebiam vinho na casa do irmão mais velho; e eis que um mensageiro acorreu junto a Job e disse: "Os bois lavravam e as jumentas pastavam perto, quando um bando de Sabeus irrompeu entre eles; roubaram tudo e passaram a fio de espada os servidores; só eu pude escapar para trazer-te a nova."

Este falava ainda quando surgiu um outro e disse:

"O fogo de Deus desceu do céu, queimou as ovelhas e consumiu os servidores todos — só eu pude escapar para trazer-te a nova."

Enquanto este falava, um outro veio e disse: "Teus filhos e filhas comiam e bebiam vinho na casa do irmão mais velho; e eis que um grande vento se levantou do outro lado do deserto e se lançou sobre os quatro muros da casa; ela caiu sobre eles, que morreram, e só eu pude escapar para trazer-te a nova."

Job se levantou, rasgou seu manto, arrancou os cabelos, lançou-se por terra e prosternando-se, disse: "Nu saí do seio de minha mãe e nu voltarei. Jeová deu, Jeová tirou; que o nome de Jeová seja louvado!"

E em tudo isto Job não pecou de nenhum modo, e nada de ímpio lhe escapou contra Deus.

Chegou um dia em que os filhos de Deus vieram se colocar junto a Jeová, e Satã também veio no meio deles para se aproximar de Jeová.

Jeová disse a Satã: "De onde vens?"

Satã respondeu a Jeová: "Acabo de errar sobre a terra e de percorrê-la."

Jeová disse a Satã: "Prestaste atenção em Job, meu servidor? Pois nenhum é como ele sobre a terra, simples e reto, temendo a Deus e se afastando do mal. Job ainda está fortemente preso à sua piedade: tu, entretanto, me incitas contra ele, a fim de abismá-lo gratuitamente."

Satã respondeu a Jeová e disse: "O homem dá pela sua pele tudo o que lhe pertence. Mas estenda tua mão e toca seus ossos e sua carne; verás se ele blasfema ou não em tua presença."

Jeová disse a Satã: "Ei-lo sob a tua mão; mas poupa sua vida."

Satã saiu da presença de Jeová e atacou Job com uma lepra maligna, desde a planta do pé até o cimo da sua cabeça.

Então ele apanhou um caco para se coçar e assentou-se sobre a cinza.

Sua mulher lhe disse: "Ainda conservas a tua piedade! Blasfema a Deus e morre!"

Ele lhe disse: "Falas como uma mulher insensata. Recebemos também o bem de Deus, e não haveríamos de aceitar o mal?"

Em tudo isto, Job não pecou de nenhum modo pelos seus lábios.

Três amigos de Job, tendo sabido todo o mal que acabava de descer sobre ele, partiram cada um do seu país, Elifaz de

Temã, Bildá de Suás e Sofar de Naamá, e eles concordaram juntos em vir lamentá-lo e consolá-lo.

Tendo levantado os olhos de longe, não reconheceram Job absolutamente; elevaram então a voz e choraram; cada um rasgou seu manto e lançou a poeira ao ar, acima das suas cabeças.

Assentaram-se perto dele por terra, sete dias e sete noites; e nenhum lhe disse uma só palavra, porque viram como era grande a sua dor.

Depois disto, Job abriu a boca e maldisse o dia em que tinha nascido.

E Job começou e disse:

Pereça o dia em que nasci,
E a noite em que se falou: "Um homem foi concebido."

Que seja este dia mudado em trevas,
Que Deus no alto não o procure,
Que sobre ele não brilhe a Sua claridade!

Que as trevas e a sombra da morte o reclamem,
Que uma nuvem se estenda sobre ele,
Que os eclipses do dia o encham de horror!

Que a obscuridade envolva esta noite,
Que ela não seja unida aos dias do ano,
E não entre no número dos meses!

Ah! que esta noite seja solitária,
Que a ela não suba nenhum canto!

Que sobre ela lancem imprecações
Os que maldizem o dia,
E estão prestes a despertar Leviatã!

Que as estrelas do seu crepúsculo sejam escurecidas,
Que espere em vão a luz e não a veja nunca,
E assim não perceba mais as pupilas da aurora.

Pois que ela não me fechou as portas da existência,
E não subtraiu a mágoa ao meu olhar!

Por que não morri desde o dia do meu nascimento?
Por que não pereci ao sair do seio materno?

Por que encontrei joelhos que me embalassem,
E por que as tetas me amamentaram?

Só assim eu estaria agora deitado e tranquilo;
E dormiria, e afinal teria repouso,

Como os reis e os conselheiros do país,
A quem se levantam mausoléus,

Ou como os príncipes que possuíram ouro,
E que encheram suas casas de prata;

Ou, como um aborto ignorado,
Como estes fetos informes que nunca viram a luz.

Aí, os ímpios cessam de se agitar,
E encontram repouso aqueles cuja força está esgotada.

Juntos, os cativos permanecem tranquilos,
Pois já não ouvem mais a voz do opressor.

E aí o pequeno e o grande são iguais,
E o escravo é libertado do senhor.

Porque foi a luz concedida a um miserável,
E a vida àqueles cuja alma é conturbada,

Aos que esperam a morte, e ela não vem,
Aos que a procuram mais do que os tesouros,

Que se rejubilam em alegria,
E levam esta até o delírio ao deparar a sepultura?

Por que foi ela dada ao homem cujo caminho é obscuro,
E em torno do qual Deus erigiu uma sebe?

Antes do repasto ressoe o meu gemido,
E os rugidos que eu der se espalhem como a torrente.

Pois o temor pelo qual eu estremecia me chegou,
E o que temia me atingiu;

Não tive nem tranquilidade, nem segurança, nem repouso, e a cólera chegou.

Elifaz de Temã começou,
E disse:

Talvez, se dirigir-te a palavra, te sintas fatigado,
E, no entanto, contê-la, quem o poderá?

Pois a verdade é que corrigiste os poderosos,
Fortificaste as mãos debilitadas;

Tuas palavras levantaram o que já fraquejava,
E sustiveram os joelhos dos que iam tombar.

Agora, que a aflição desceu sobre ti, estás cansado.
No momento em que ela se abate, nada mais podes fazer.

Tua piedade não é a tua confiança,
Tua esperança e a integridade em teu caminho?

E no entanto, pensa, quem é este que pereceu inocente?
E onde estão os homens justos que foram exterminados?

Por mim, vi que os artesãos da iniquidade
E os que semeiam a dor, colhendo o malefício,

Pela respiração de Deus são destruídos,
E consumidos ao sopro da sua cólera.

O rugido do leão, a voz do chacal,
E os dentes dos leõezinhos já não valem coisa alguma.

O tigre perece pela ausência da presa,
E os filhos da loba se dispersam.

Quanto a mim, senti chegar uma revelação furtiva,
E meu ouvido percebeu um som imperceptível.

Nos pensamentos das visões noturnas,
Quando um profundo sono esmaga os homens,

Um terror, um estremecimento me arrebatou
E agitou todos os meus membros;

Um sopro deslizou sobre a minha face,
O pelo do meu corpo se eriçou.

Então a aparição se levantou, e não reconheci a sua face,
Que estava como um espectro diante dos meus olhos;
Ouvi um som estrangulado e uma voz:

Será o mortal mais justo do que Deus?
Será o homem mais puro do que o seu criador?

Eis que ele já não tem mais confiança nos seus servidores
E até ousa reprovar os próprios anjos;

Quanto mais a estes que moram em casas de argila,
Da qual a poeira é a origem,
Que Ele esmaga como o verme!

São castigados desde o amanhecer até à noite
E perecem inteiramente, sem que ninguém lhes preste atenção.

E neles o dom é destruído,
Morrem, mas não com sabedoria.

Chama, pois existe alguém que te ouça?
E para qual dos santos te voltarás?

Certo é que o despeito mata o insensato,
E o ciúme traz a morte ao homem tolo.

Quanto a mim, vi o insensato adquirir raiz,
E logo após amaldiçoei o lar que levantou.

Seus filhos permanecerão longe da felicidade,
Esmagados à porta e sem achar quem os ajude.

Quanto a ele, o esfomeado há de devorar sua colheita,
Roubando com suas cestas.
Os que têm sede, aspiram aos bens que ele possui.

Pois a iniquidade não abandona a poeira,
E a desgraça não se eleva da terra.

Será pois o homem nascido para a desgraça,
Como os filhos da chama, que se elevam quando o vento
[sopra?

Quanto a mim, entretanto, voltar-me-ei para Deus
E ao Senhor abandonarei a minha causa,

A Ele, o impenetrável, que realiza grandes coisas,
Maravilhas sem conta;

Que derrama a chuva sobre a face da terra,
E espalha a água à superfície dos campos,

Para colocar os humildes no alto,
E distinguir o aflito com a felicidade.

Ele, que dissipa os conselhos dos espertos,
E os impede de realizar os seus projetos.

Confunde os sábios na sua própria astúcia,
E, à Sua luz, os conselhos dos pérfidos não são mais do que
[temeridade.

São esses os que distinguem a noite em pleno dia
E à luz do sol andam como se fosse em plenas trevas.

Ele salva o pobre da boca que fere como espada,
E retira os necessitados da mão do forte.

Aos desgraçados concede a luz da esperança,
E a iniquidade retorna ao silêncio.

Ah! feliz o mortal que Deus castiga!
Ah! não desdenhe a correção do Todo-Poderoso!

Pois Ele é o que fere e cura a chaga;
Ele golpeia, e Suas mãos devolvem a vida.

De seis aflições Ele te poupará,
E sete vezes o mal não atingirá a tua alma.

Nos períodos de fome ficarás isento da morte,
E na guerra ficarás livre da ponta da espada.

Contra a volúpia da língua que fere, serás garantido,
E não temerás quando a destruição vier.

O erro e a maledicência causar-te-ão riso,
E dos animais da terra nada terás a temer.

Pois com as pedras dos campos selarás uma aliança,
E os animais das selvas permanecerão em paz contigo.

Estarás certo de que a paz habita sob tua tenda,
E, se cuidas dos teus pastos, nada mais te faltará.

Não terás dúvida de que tua raça será numerosa,
E que teus descendentes serão como a erva da terra.

À tumba chegarás em maturidade,
Como uma braçada de ervas que decepam na colheita.

Tal é o fruto de nossas reflexões,
Tal é a verdade. Recolhe-a em teu proveito.

Então Job retomou a palavra.
E disse:

Oh! Se minha tristeza tivesse sido pesada numa balança,
Conjuntamente com o meu infortúnio, o peso seria o mesmo.

Pois agora ela é mais pesada do que a areia do mar;
E este é o motivo por que o desespero assinala minhas
[palavras.

Pois em mim se acham cravadas as flechas do Todo-Poderoso,
E o meu espírito bebe o seu veneno.
Os terrores de Deus me assaltam.

Zurrará o onagro diante da pastagem?
O boi mugirá ao lado da forragem?

O que é sem gosto poderá ser comido sem sal?
Haverá sabor no branco de um ovo?

Minha alma repugnava tocar nestas coisas,
E, agora, elas são o sumo da minha dor.

Oh! possa a minha oração ser atendida,
E Deus realizar minha esperança!

Que agrade ao Poderoso estraçalhar-me,
E que deixe Ele a mão livre à adversidade, a fim de que ela
[possa aniquilar-me.

E para mim assim mesmo existirá consolação,
Quando eu estremecer neste sofrimento sem medida,
Pois não reneguei as palavras do Todo-Poderoso.

Mas qual é a força que ainda espero,
E qual será o meu destino, para que aguarde deste modo?

Será a minha força a das pedras?
Meu corpo será de bronze?

O socorro não estará em mim?
O apoio real terá sido afastado da minha pessoa?

O que recusa a sua boa vontade ao amigo
Abandona o temor ao Todo-Poderoso.

Meus irmãos enganaram minha esperança,
Como sob o leito das correntezas que passam,

Se acumula a sombra dos destroços,
Sobre os quais a neve se condensa.

E eis que um dia desaparecem navegando,
Pois a temperatura arde e assim são arrastados do lugar
[em que repousam.

Também as caravanas se afastam da sua rota,
Penetram no vazio e aí desaparecem.

As caravanas de Temã fixam longe o seu olhar;
Os viajantes de Sabá fundam no sonho os seus desejos;

E são confundidos por terem confiado;
E se envergonham ao se aproximarem da miragem.

Pois, se sois semelhantes a este homem,
Contemplareis o desespero e também vos sentireis
[amedrontados.

E acaso eu lhes disse: "Dai-me,
De vossas riquezas fazei-me dom;

E preservai-me da mão do adversário,
E libertai-me da mão dos fortes"?

Ensinai-me, e eu me calarei;
Fazei-me compreender em que ponto me enganei.

Como são deliciosas as palavras de justiça!
Mas qual o erro que corrige a vossa advertência?

Serão demonstração suficiente
E simples vento as palavras do desesperado?

Irritai-vos, lançai-vos sobre o deserdado;
Abris um abismo sob os passos do amigo!

Mas, agora, voltai o olhar para o meu lado
E reparai se em vossa presença acaso eu minto.

Reparai, para que não haja iniquidade;
Reparai, pois a minha justiça ainda existe.

Palpita alguma iniquidade na minha voz?
Acaso minha boca proferiu sentenças de terror?

Decerto o mortal tem sua missão sobre a terra,
Seus dias são iguais aos do mercenário.

Como o escravo que suspira atrás da própria sombra,
E como o mercenário espera o seu salário,

Assim me foram impostas as luas da desgraça,
E me foram contadas noites de inquietude.

Ao deitar-me, digo: "Quando me levantarei?"
E, quando a noite já se acha longe,
Parto-me de agitação até o crepúsculo.

Minha carne cobriu-se de vermes sob uma crosta terrosa;
Minha pele se rompe e se dissolve.

Meus dias correm mais depressa do que o fuso,
E se consomem sem esperança.

Lembra-te, ó Deus, que a minha vida é um sopro;
Meus olhos nada mais verão de amável sobre a terra.

As pupilas que me viram não mais me contemplarão;
Teu olhar está fixado sobre mim e eu já não existo.

Como a nuvem que se dissipa e desaparece,
Assim o que desce ao inferno não subirá jamais.

Nunca mais regressará à sua casa,
E o seu país não voltará a recebê-lo.

Assim, não mais conterei a minha boca;
Falarei, na angústia do meu espírito,
E me lamentarei na amargura da minha alma.

Serei um mar ou um monstro marinho,
Para que coloques uma guarda junto a mim?

Pois se eu digo: "Meu leito me consolará,
Minha cama me ajudará a suportar esta tristeza" —

Então me aterrorizas através dos sonhos,
E me espantas com visões,

A ponto de minha alma preferir uma morte violenta.
Sim, antes a morte, a estes membros castigados!

O horror me domina; sinto que não viverei eternamente.
Poupa-me, pois os meus dias não passam de simples vaidade.

Que é o mortal, para que assim o engrandeças
E prestes atenção à sua pessoa?

Para que o visites todas as manhãs,
E o experimentes em todos os momentos?

Até quando não te afastarás de mim?
Não me deixarás nem tempo para respirar?

Pequei; que fiz contra ti, guardião dos homens?
Por que fizeste de mim a tua pedra de tropeço,
A ponto de tornar a mim próprio uma pesada carga?

E por que não perdoarás ao meu crime,
E não passarás por cima da minha iniquidade?

Porque desde agora eu me deitarei sobre a poeira,
Tu me procurarás, eu não estarei mais em lugar algum.

Então Bildá de Suás replicou,
E disse:

Até quando proferirás palavras desta natureza,
E os discursos da tua boca serão como um vento impetuoso?

Terá Deus pervertido o direito?
O Todo-Poderoso terá corrompido a justiça?

Se teus filhos pecaram contra Ele,
Abandonados foram aos seus próprios pecados.

Se tu procuras Deus,
Se ao Todo-Poderoso diriges as tuas súplicas,

Se és puro e reto,
Decerto a Sua misericórdia despertará sobre ti,
E tornará teu lar acessível à justiça.

Teu início não terá sido importante
Mas teu fim crescerá consideravelmente.

Pois interrogues a geração antiga,
E dirige tua atenção à experiência dos teus pais.

Nós somos de ontem, e tudo ignoramos
Pois nossos dias são apenas uma sombra sobre a terra.

Decerto os que te instruírem farão
Sair as palavras do fundo do coração:

O caniço reverdece sem umidade?
E o prado se torna verde sem a chuva?

Ele ainda está no seu primeiro lance, não foi colhido ainda,
E já se torna seco, muito antes das ervas.

Assim acontecerá com aqueles que se esquecem de Deus,
E deste modo é que perecerá a esperança do hipócrita.

E aquele cuja confiança permanece aniquilada,
E cuja segurança é como uma teia de aranha,

Este apoia-se à sua casa, e ela não resiste,
Ele a sustém, mas ela já não permanece mais de pé.

Ei-lo cheio de seiva sob o sol,
E o seu rebento se expande acima do jardim.

Suas raízes se entrelaçam em torno de um monte de pedras.
Ele cresce através da casa de pedras.

Se Deus o arrebata da sua terra natal,
Esta o renega, dizendo: "Nunca te vi."

Aí é que termina a alegria em seu caminho,
E da poeira ainda crescerão outras.

Certamente Deus não rejeita o homem piedoso,
E não dá a mão aos malfeitores.

Assim, ele encherá a tua boca de alegria
E os teus lábios de cantos de louvor.

Teus inimigos se revestirão de confusão,
E não mais existirá a tenda onde os ímpios se abrigam.

Então Job retomou a palavra
E disse:

Decerto eu sei que assim é realmente,
Comparado com Deus o homem não é justo.

Se desejasse disputar com Ele,
Não poderia responder nem a uma só de mil acusações.

Sábio em seu coração e de uma estranha força,
Quem lhe resistiu e permaneceu intacto?

Ele, que transporta montanhas sem que elas se apercebam,
Ignorando que foram destruídas na sua cólera.

Que faz a terra oscilar na sua órbita,
E estremece as suas colunas;

Ele, que fala ao sol e este não se ergue,
E sobre as estrelas grava o seu sinete.

Ele, que sozinho inclina o céu
E espezinha as alturas em que o mar se alonga.

Ele, que criou a Ursa, Órion, e as Plêiades,
E as regiões siderais do meio-dia;

Da sua mão nasceram grandes obras incompreensíveis,
Miraculosas e inumeráveis.

E este é o que passa acima de mim e eu não o vejo!
Este é o que se aniquila, sem que a minha atenção seja
[despertada!

E quem lhe fará voltar?
Quem lhe dirá: "Que fazes?"

Deus não retém a sua cólera,
Sob ela se curvam aqueles que são o sustentáculo do mundo.

Ainda menos poderei eu lhe responder,
Mesmo se escolhesse ao seu alvitre as minhas palavras.

Ainda que eu fosse justo não lhe responderia,
Apenas implorarei ao meu juiz.

Se eu tivesse chamado e Ele me atendido,
Não acreditaria que a minha voz chegasse à sua alma!

Ele, que me esmaga sob um turbilhão,
E que multiplica gratuitamente as minhas chagas;

Que nem sequer me permite respirar,
Mas que me farta de amargura.

Trata-se de força? Ele é o mais vigoroso.
De direito? Quem testemunha a meu favor?

Se eu me justifico, minha boca me condenará;
Se sou íntegro, ela me tornará culpado.

Sim, eu sou íntegro; a minha pessoa não me preocupa
E desprezo a minha vida.

Mas é a mesma coisa, e é por isto que eu digo:
"Ele destrói o homem íntegro e o iníquo."

Ainda se a calamidade matasse de repente!...
Mas ele se ri da derrota dos sem culpa.

A terra foi abandonada às mãos dos ímpios,
Velada está a face dos juízes.
Se não for Ele, quem poderá fazer alguma coisa pelo mundo?

E os meus dias são mais rápidos do que o homem que foge:
Passam, sem que eu tenha visto o bem.

Passam como as barcas de junco,
Como a águia que desce sobre a presa.

Se eu digo: "Quero esquecer a minha dor,
Abandonar a minha tristeza, respirar";

Temo todos os meus sofrimentos
E sei que tu não me inocentarás.

Assim, serei reconhecido em culpa;
Por que me cansarei em vão?

Se mergulhar na água sob a neve
E assim purificar minhas mãos no seio da nítida pureza,

Então tu me afogarias sob a lama,
E as minhas vestimentas se tornariam imprestáveis.

Por que não é Ele um homem como eu a fim de que eu possa
[lhe falar,
E assim entremos em pleno julgamento?

Não existe entre nós um árbitro real
Que coloque a sua mão entre nós dois...

Que Ele retire, pois, de sobre mim a sua vara,
E que o seu terror não volte a me espantar.

Então eu lhe falarei sem temer a sua cólera,
Pois não sou assim no fundo da minha alma.

Minha alma está cansada desta vida;
Eu me abandonarei pois à lástima sem fim
E falarei na amargura da minha consciência.

Direi a Deus: Não me condenes,
Faça-me saber por que motivo me persegues!

É do teu agrado o oprimir,
O desdenhar a obra das tuas mãos,
Enquanto fazes luzir a voz do ímpio?

Acaso terás olhos de carne
E vês o mesmo que vê o olhar do homem?

Serão os teus dias como os dias de um mortal,
E o teu tempo como o tempo de um homem?

Se bem que saibas que não sou culpado,
Nada me preservará do teu poder.

Tuas mãos me magoaram e me comprimiram todo inteiro,
E Tu me aniquilaste.

Lembra-te, pois, que me fizeste como a argila,
E que à poeira me reduzirás.

Fizeste-me escorrer como escorre o leite,
E me tornaste firme como o queijo.

Envolveste-me em pele fina e carne,
E me cercaste de ossos e de nervos.

Concedeste-me a vida e a boa vontade,
E tua guarda velou em meu espírito.

Estas coisas todas as tens ocultas no teu coração,
E sei que elas existem no centro da tua memória.

Se eu pequei, por que então Tu me poupaste,
Bem sei que não queres me inocentar deste delito!

Se eu sou culpado, que venha a desgraça sobre mim!
Se sou justo, não levantarei a cabeça de nenhum modo,
Farto que estou de ignomínia e da visão da minha própria
[miséria!

Se eu me elevo, tu me persegues como um leão,
E de novo exerces a Tua força sobre mim.

Multiplicas as tuas chagas aos meus olhos
Acrescendo contra mim a tua cólera;
Uma multidão de males se renova ao meu olhar.

E por que me fizeste sair do seio maternal?
Teria perecido e o olhar do homem não me encontraria.

Eu teria sido como se não existisse.
Do ventre de minha mãe, seria levado ao túmulo.

É verdade que os meus dias são pouco numerosos,
Desista pois de mim, a fim de que eu respire um pouco,

Antes que eu parta sem retorno
Para o país em que floresce o crepúsculo da morte.

País que jaz sob a profunda escuridão
Das sombras da morte sem harmonia,
Que brilha como a própria treva brilha.

Sofar de Naamá tomou a palavra,
E disse:

Permanecerá esta vaga de palavras sem resposta,
E será reputado justo o homem que tanto se exacerba?

As invenções dos teus lábios farão calar os homens?
Zombas, e ninguém ousa responder-te!

Dizes: "Minha doutrina é pura.
Não tenho mancha ao teu olhar."

Apesar disto, prouvesse a Deus falar
E descerrar os lábios contra ti!

Ele te anunciaria os segredos da sabedoria
(Pois ela é o duplo do que existe).
E saiba que Deus passou por cima das tuas iniquidades.

O que Deus escrutou, queres tu encontrá-lo,
E penetrar a perfeição do Todo-Poderoso?

São estas as alturas do céu: que farias tu?
Suas profundezas são maiores do que as do inferno: que
[conhecerias lá?

A medida é mais longa do que a terra
E mais larga do que o mar.

Se Ele passa rapidamente, retém e reúne,
E quem o impedirá?

Pois Ele conhece os homens falsos,
Vê a injustiça e finge não reconhecê-la.

Para que o homem do pensamento vazio adquira coração,
E o estúpido como o onagro em homem se converta.

Se abriste a Ele teu coração,
E a Ele elevaste as tuas mãos,

Se afastaste a injustiça do teu caminho,
E baniste a iniquidade das tuas tendas,

Então se elevará tua face sem mancha;
Serás sólido e sem temor.

Decerto esquecerás a pena;
E somente te lembrarás, como de águas que passaram.

Mais claro do que o meio-dia se abre o mundo ao teu olhar,
A obscuridade será como a aurora.

E terás confiança, pois, se a esperança existe,
Procuras um lugar e hás de repousar em plena segurança.

Assim descansarás e ninguém te causará terror,
E muitos virão fazer-te afagos.

Mas os olhos dos ímpios se consomem;
A salvação se perde para eles,
E sua esperança é posta no termo desta vida.

Mas Job respondeu,
E disse:

Sim, é verdade, vós sois o povo,
E convosco morrerá a sabedoria.

Eu também tenho um coração igual ao vosso;
E não estou abaixo da escala.
E quem não saberia doutrinas como esta?

Sou motivo de zombaria para um amigo,
Eu, que invoco Deus para ser exaltado;
Uma zombaria, o justo, o homem íntegro!

A desgraça é um objeto de desprezo para o homem feliz,
Destinado ele próprio a se atemorizar.

As tendas são tranquilas para os devastadores,
E em segurança para os que não temem despertar a cólera
[de Deus,
Para os malfeitores que trazem a Divindade na sua própria
[mão.

Apesar disto, interroga pois os animais, e cada um deles te
[instruirá,
Ao pássaro do céu, e ele te anunciará;

Ou fala à terra, ela te fará compreender
E os peixes do mar dirão a mesma coisa.

Quem não saberá que todas estas coisas
Foram feitas pela mão de Jeová?

Ele, em cuja palma repousa a alma de todo homem vivo,
E o sopro que habita os corpos dos humanos.

Decerto, o ouvido examina as palavras,

E a abóbada palatina prova o alimento que lhe convém.
Junto dos velhos está a sabedoria;
Numa vida longa, a inteligência.

Com Ele estão a prudência e o poder;
A Ele, o conselho e a inteligência.

Com efeito, o que é demolido não é reconstruído;
O homem que Ele aprisiona não é abandonado.

Com Ele estão a força e a sabedoria;
Em seu poder, o que erra e o que induz ao erro.

Ele torna os conselheiros privados de razão,
E loucos os juízes.

Ele desata a cintura dos reis,
E cinge à força os seus rins.

Ele priva os grandes de razão,
E perverte os fortes.

Arrebata a palavra aos oradores,
E retira a razão às pessoas de idade.

Ele cobre de desprezo os homens considerados,
E retém os fortes pela cintura.

Põe a descoberto o que escondem as trevas,
E faz a luz irromper da morte.

Fortifica as nações e as faz desaparecer,
Torna-as mais vastas e depois as esmaga.

Arrebata a coragem aos chefes das nações,
E os faz errar numa terrível solidão.

Eles tateiam na obscuridade abandonada pelo sol,
E oscilam como um homem embriagado.

Decerto minha vida tudo viu,
Meu ouvido tudo ouviu e compreendeu.

O que vós sabeis, também eu sei;
Em nada vos sou inferior.

Apesar de tudo, quero falar ao Todo-Poderoso,
E discutir perante Deus.

Quanto a vós, sois fabricadores de mentiras;
Sois todos inúteis curandeiros.

Ah! por que não se conservaram em silêncio?
Assim seria aumentada a vossa sabedoria.

Escutai pois a minha réplica,
E prestai atenção às invectivas dos meus lábios.

Como, é contra Deus que proferis semelhantes injustiças?
É contra Ele que se exprimem os vossos erros!

É por Deus que mostrais consideração de tal espécie,
Quando por Ele combateis?

E se Ele vos escutar, será do seu agrado?
Brincais com Ele como se brinca com um mortal?

Certamente Ele vos castigará,
Se mantiverdes a seu respeito uma tal parcialidade.

Decerto sua superioridade vos aterrorizará,
E o temor vos há de aniquilar.

Vossas lembranças nada são senão imagens vãs,
E os soberbos conselhos que emitis mais frágeis que montí-
[culos de argila.

Calai-vos, pois, perante mim, e eu continuarei,
O que quer que me aconteça.

Porque mastigarei a própria carne com meus dentes,
E abandonarei a vida à força de minhas mãos.

Decerto, Ele me matará, é o que eu espero;
Poderei ao menos expor ao seu olhar a minha conduta.

Ele próprio virá em meu auxílio;
Pois o hipócrita não pode subir à sua presença.

Escutai, pois, as minhas palavras,
E que a minha declaração alcance a vossa inteligência.

Aí está exposto o litígio;
Eu sei que serei justificado!

Quem combaterá por mim?
Então me calaria, ainda que tivesse de expirar.

A menos que não lances contra mim o teu castigo,
Não me ocultarei diante da Tua face.

Afasta pois de sobre mim a tua mão,
E que o teu terror não desça à minha consciência.

Faça então a acusação, e eu replicarei;
Ou eu falarei e tu responderás.

Quantos delitos cometi, quantos pecados?
Faze-me conhecer um dos meus crimes, um dos meus erros.

Por que escondes a tua face
E me consideras como um inimigo?

Como! Ainda fazes tremer mais ainda uma folha agitada,
Persegues uma pobre palha ressecada!

Quando me afogas em amarguras,
E me fazes expiar os pecados da minha mocidade,

Aprisionas os meus pés no oco de um cepo,
Observas todos os meus passos,
Traças estreitos limites à minha marcha...

E este corpo é como a podridão que tomba,
Como uma vestimenta roída pelos vermes!

O homem, nascido da mulher,
Não tem senão poucos dias de vida e é cumulado de remorsos;

Como a flor, desabrocha e é cortado,
Ele foge como a sombra e nunca se detém.

Descerras sobre ele também o teu olhar,
E o fazes vir em justiça junto a ti!

Quem pode fazer algo de puro com aquilo que é impuro?
Ninguém!

Se os seus dias são determinados,
Se o número dos seus meses está marcado,
Se escreveste leis que ele não pode ultrapassar,

Afasta-te para que ele possa respirar,
Até que faça como um mercenário ao dia ganho.

Não há dúvida de que há para a árvore uma esperança
Quando ela é cortada; pois cresce de novo
E seu rebento nunca cessa de surgir.

Quando a sua raiz envelhece sob a terra,
E que seu tronco fenece ao fogo da poeira,

Ela refloresce pelo vapor que sobe d'água
E rebenta em galhos como uma planta renascida.

Mas o homem morre pouco a pouco;
O mortal desaparece e abandona a terra em que viveu.

A água deixa o leito em que escorre,
A torrente se extingue e se resseca.

E o homem se deita e não levanta mais;
E não desperta até que para ele o céu não mais exista,
E jamais regressa do seu sono.

Ah! possas tu me esconder nas chamas do inferno,
Ocultar-me até que a tua cólera seja apaziguada;
Tu me fixarás um termo e te lembrarás de mim.

Quando o homem morre, revive?...
Esperarei durante os dias do meu castigo,
Até chegar a época da metamorfose.

Tu me chamarás e eu te responderei;
A obra das tuas mãos te agradará.

Mas neste momento tu contas os meus passos.
Acaso vês o meu pecado?

Amarrado em feixe está o meu delito,
E ainda aumentas o meu castigo!

Apesar de tudo, a montanha que tomba se dissolve,
E o rochedo se destaca do lugar;

A água fura as pedras;
Ela arrasta a vegetação com a poeira sobre a terra:
Assim esmaga a esperança do homem.

Tu o chamas com violência, e ele parte;
Mas, mudando de pensar, tu o expulsas.

Seus filhos são cobertos pela honra, e ele não o sabe;
São desestimados, e ele não o compreende.

Sua carne é dolorida,
E a sua alma se acha em luto.

Elifaz de Temã respondeu,
E disse:

Porventura responderá o sábio a uma ciência tão vazia,
E se encherá o ventre de um furacão?

Defender-se por discurso é obra inútil,
Alimentar propósitos é tarefa sem proveito.

Destruíste até mesmo o respeito que é de Deus,
E diminuíste a piedade.

Não sou eu quem te condena, é a tua boca,
Teus próprios lábios testemunham contra ti.

Nasceste como o primeiro homem?
Foste criado antes das colinas?

Assististe como auditor ao tribunal de Deus?
Subtraíste a sabedoria em teu proveito?

Que sabes tu, que também não o saibamos?
Que compreendes que já não o tenhamos compreendido?

Entre nós existem não só velhos, mas antigos,
Mais ricos em dias que teu pai.

O consolo de Deus será pouco para ti,
E a palavra que em ti desceu tão docemente?

Aonde te arrasta o coração,
Que significa o movimento de teus olhos.

Para que voltes contra Deus a tua raiva
E profira tua boca propósitos indignos?

Que é o mortal para dizer que é puro?
O que nasceu da mulher poderá gritar que é justo?

Será possível que Deus não tenha confiança nos seus santos,
Pois nem os céus aos seus olhos são puros.

Menos ainda um homem corrompido,
Bebendo a injustiça como a água!

Quero aconselhar-te, escuta-me,
Pois vou narrar-te o que já vi;

O que os sábios anunciam,
A doutrina que aprenderam de seus pais.

Só a eles o país foi confiado
E nenhum estrangeiro tinha vindo ao seio deles.

Durante estes dias todos o mau homem vive no terror;
Durante os poucos anos reservados ao tirano,

Rumor de tais horrores ressoa em seus ouvidos;
E em plena paz o devastador o surpreende.

Ele não acredita que possa regressar das trevas;
Está destinado à espada.

Erra à procura de pão e não encontra,
Sabe que o dia das trevas lhe está assegurado.

A ansiedade e a desgraça o aterrorizam;
Elas o arrebatam como a um rei armado para o combate.

Porque ele estendeu a mão contra Deus,
E se revoltou contra o Todo-Poderoso.

Ao Criador correu com o pescoço estendido,
Sob os espessos contornos de seus broquéis.

Já agora a graxa cobre-lhe a face,
E a gordura se desenvolveu sobre seus flancos.

Ele habitou cidades arruinadas,
Casas inabitáveis,
Que foram abandonadas à destruição.

O homem rico não existe, pois o seu bem não tem valor,
E sua fortuna não se fixa sobre a terra.

Ele não escapa às trevas;
A flama resseca o seu rebento,
E ele perece pelo sopro da sua boca.

Que este que se engana não confie no que é bom,
Mas terá o falso como herança.

Isto se realiza antes do tempo,
Seu ramo não volta a ficar verde.

Ele suga o sumo como a vinha,
E expulsa a flor como a oliveira.

Pois a raça dos hipócritas é estéril,
E o fogo consome as tendas da corrupção.

Conceber a injustiça é dar à luz a iniquidade,
Seu ventre prepara a obra desonesta.

Mas Job respondeu,
E disse:

Já ouvi muitos discursos semelhantes;
Todos vós sois consoladores sem proveito.

Haverá um fim para palavras tão vazias,
Qual o motivo que vos incita a responder?

Também eu poderei falar como vós;
Se estivésseis em meu lugar, eu reuniria palavras sem sentido
E abanaria a cabeça, reprovando.

Mas eu vos fortificarei pela minha boca,
E o movimento dos meus lábios fará cessar o mal.

Se falo, minha dor não será remediada,
Se me abstenho, qual o mal que me abandona?

Ele destruiu tudo o que eu possuía
E assim deixou em luto a minha família.

Nas suas malhas me prendeu,
E agora dá testemunho contra mim.
Minha debilidade se eleva e me acusa sem perdão.

Seu furor me despedaça e me persegue;
Meu adversário range os dentes
E seus olhos lançam fogo contra mim.

Deus me lança à iniquidade
E me precipita às mãos dos ímpios.

Vivia em serenidade, e Ele me esmagou;
E me apanhou na luta e me partiu,
E me apontou como o Seu alvo.

Seus arqueiros me rodeiam;
Ele me furou os rins sem piedade;
E espalhou meu fel sobre os caminhos.

Na minha carne abriu brecha sobre brecha;
Lançou-se contra mim como um guerreiro.

Costurei um saco sobre a pele,
E rolei a cabeça na poeira.

Meus traços se inflamaram pelo pranto,
E a sombra da morte desceu às minhas pálpebras.

Ainda que as minhas mãos não façam violência,
E que seja pura a minha oração,

Ó Terra! Não esconda o meu sangue,
E que nada detenha os meus clamores!

Eis agora, no céu, meus testemunhos,
E meus defensores, nas regiões superiores.

Zombam de mim os meus amigos,
E só a Deus se dirige o pranto dos meus olhos.

Perante Deus o homem terá algum direito,
Como o homem perante o homem sobre a terra.

Pois ir-se-ão os meus anos pouco numerosos
E eu partirei por um caminho de onde não se volta.

Meu espírito está aniquilado,
Meus dias se obscureceram,
O túmulo me espera.

Não lido senão com pessoas zombeteiras,
Meus olhos são constantemente testemunhas de perfídias.

Estenda pois a tua mão, seja a minha própria garantia ao
[teu olhar.
Quem, sem isto, se comprometerá por minha causa?

Pois tu fechaste o coração perante a inteligência,
E este é o motivo por que não os exaltarás.

O traidor convida amigos a uma refeição,
E os olhos dos seus filhos enlanguescem.

Colocaram-me como um símbolo para os povos,
Eu, que outrora fui um chefe.

A tristeza inunda o meu olhar,
E todos os meus membros fenecem como sombras.

Eis por que os homens de bem se mostram estupefatos,
E o inocente se excita contra a hipocrisia.

O justo conserva o seu caminho,
E o homem de mãos puras aumentará no seu vigor.

Mas vós todos voltai, voltai porque
Já não se encontra em vossa terra nenhum sábio.

Já não existem os meus dias, e os planos
Que armei se dissolveram na minha alma.

Eles transformam a noite em luz do dia,
A claridade, mais nítida do que as trevas.

Decerto espero elevar no inferno a minha casa,
No escuro estendi a minha cama.

Que levante meu pai da sua tumba,
Os vermes, minha mãe e minha irmã.

E onde está minha esperança?
Quem a distingue neste caos?

Também ela escorregará nos ferrolhos do sepulcro,
Quando juntos repousarmos na poeira.

Bildá de Suás replicou,
E disse:

Até quando discorrerás assim de modo tão estreito?
Refleti, e falemos em seguida.

Por que somos nós comparados aos animais?
Somos aos teus olhos pessoas limitadas?

Ó tu que rasgas a ti mesmo na tua cólera,
Por tua causa será a terra desolada,
E o rochedo será arrancado ao seu lugar?

Decerto a luz do homem mau se apagará
E a chama do seu lar não voltará a reluzir.

A lâmpada se extinguirá na sua tenda,
E acima dele o sol se ocultará.

A tranquilidade dos seus passos será violentada,
Sua própria resolução o arrastará.

Porque os seus pés se embaraçaram na rede,
E ele marcha sobre uma armadilha.

O laço apanha-o pelo salto,
E os nós o retêm.

A corda está escondida sob a terra,
E a armadilha ao longo da vereda.

Em torno dele os terrores o assaltam,
E o perseguem onde pisa.

Sua própria desgraça corre esfomeada ao seu encalço,
E a adversidade se mantém a seu lado, inabalável.

Ela destruirá os membros de seu corpo;
O primogênito da morte fará um banquete dos seus restos.

A segurança será arrebatada da sua tenda,
E, prisioneiro, será levado ante o rei dos horrores.

A sua casa será coberta de enxofre
E o estrangeiro habitará na tenda que já não lhe pertence.

Sob ele suas raízes se ressecam;
Acima dele o seu rebento será abatido pela foice.

Desaparecerá da terra a sua memória,
E, do outro lado, nenhum nome o distinguirá.

Será empurrado da luz às trevas densas,
E lançado fora dos limites deste mundo.

Não terá nem filho e nem neto no seu povo,
Nem nenhum traço deixará da sua passagem.

A posteridade se mostrará estupefata com a sua queda,
E seus contemporâneos serão devastados pelo espanto.

Foi aí que o criminoso elegeu os seus domínios,
E o homem sem Deus traçou os muros do seu lar.

Mas Job respondeu,
E disse:

Até quando afligireis a minha alma,
E me flagelareis a consciência com palavras sem sentido?

Dez vezes a humilhação me devastou
E não sentis vergonha em me tratar como um estranho?

Se é verdade que errei,
Meu erro permanece comigo.

Mas, se efetivamente me acusais,
Demonstrando a minha vergonha,

Sabeis então que foi Deus quem me perverteu,
E lançou sobre mim a sua rede.

Lamento a inútil violência e não recebo resposta;
Grito, e ele não me faz justiça.

Vedou o meu caminho e já não posso mais passar,
E ainda espalha as trevas sobre as veredas em que habito.

Ele me despojou da minha glória
E arrebatou o diadema da minha testa.

Ele me destruiu, e esta é a razão por que pereço;
Assim como se arranca uma árvore, arrancou a minha
[esperança.

Ele torna contra mim ardente a sua cólera,
E me reputa um dos seus adversários.

Suas hordas surgem juntas,
Abrem até mim o seu caminho,
E acampam em torno da minha tenda.

Ele me afastou dos meus irmãos,
E os que me conhecem fugiram ao meu convívio.

Meus próximos se abstiveram,
E meus íntimos me esqueceram.

Os que vivem na minha casa e os meus servos pensam que
[sou um desconhecido;
Aos seus olhos não passo de um estrangeiro.

Chamei meu servidor e ele não me respondeu,
Se bem que eu suplicasse com a minha boca.

Meus sentimentos são estranhos à minha esposa,
E minhas súplicas indiferentes aos filhos que gerei.

Mesmo os vagabundos me desprezam;
Se me afasto, murmuram contra mim.

Todos os que foram admitidos à minha intimidade me
[detestam,
E os que eu amei se voltaram contra mim.

Meus ossos estão ligados à minha pele e à minha carne,
E não me restou mais do que a pele em torno aos dentes.

Tende piedade, ó vós que sois os meus amigos,
Pois a mão de Deus me castigou.

Por que me perseguis como se fôsseis Deus,
E não vos fartais com o meu suplício?

Praza a Deus que minhas palavras sejam escritas;
Praza a Deus que elas sejam traçadas sobre um livro

Com um estilete de ferro e em páginas de chumbo!
Que elas fossem gravadas para sempre sobre a rocha!

Mas eu sei que o meu redentor se acha vivo,
E permanecerá o último sobre a terra.

E depois que a minha pele tiver sido destruída,
Privado da minha carne, verei Deus,

Eu o verei disposto a meu favor.
Meus olhos o veem, e não a um outro;
Meus rins se ressecam no meu ventre.

Pois se disserdes: "Por que o perseguimos?"
(Já que a queixa não perece na minha alma) —

Temei a espada erguida sobre vós,
Pois a cólera merece o castigo pela espada,
A fim de que saibais que existe uma justiça.

Sofar de Naamá retomou a palavra.
E disse:

Os pensamentos fazem-me voltar,
E eis o que sinto dentro em mim:

Terei compreendido lição tão ultrajante?
O sopro de minha inteligência inspirará a réplica.

Sabes tu, que desde o início,
Desde que o homem foi colocado sobre a terra,

Foi dito que o triunfo dos ímpios é efêmero,
E a alegria dos hipócritas, como o fumo?

Se o seu orgulho se eleva até o céu,
E sua cabeça toca as nuvens,

Como a secreção do próprio corpo, há de esvair-se para
[sempre;
Os que o tinham visto, dirão: "Onde está ele?"

E desaparecerá como um sonho, sem que se possa jamais
[reencontrá-lo.
Ter-se-á dissipado como uma visão que a noite engendra.

O olhar que o vê já não o perceberá;
E não o aguarda mais o lugar em que nasceu.

Seus filhos serão esmagados pelos miseráveis
E suas mãos repararão a antiga iniquidade.

Seus membros ainda vibram ao mal que agasalham,
E juntos dormirão sobre a poeira.

Se o mal foi doce à sua boca,
Se ele o dissimulou sob os abismos da língua,

Se o conservou para não abandoná-lo,
Retendo-o no fundo do palácio em que reside,

O alimento se alterará nas suas entranhas,
E um veneno de áspide surgirá no escuro do seu ventre.

Ele devorou a riqueza, ele a vomitará;
Deus o expulsará da sua carne.

Sugou o veneno da áspide;
A língua da víbora o matará.

Ele não se deleitará à vista dos riachos,
Das torrentes, dos rios de mel e de creme.

Devolverá o produto dos seus roubos, e não os reterá em casa;

Como sua riqueza lhe veio, assim virá a reparação,
E ele não se rejubilará,

Pois que espezinhou e abandonou os pobres.
Ele se apropriou de uma casa e não a conservou,

Pois não experimentará nenhuma segurança interior,
E não preservará o objeto que cobiça.

À sua avidez nada escapou,
Eis por que o seu bem não durará.

Quando sua medida estiver completa, será lançado à
[ansiedade;
As garras da miséria o reterão.

Quando estiver prestes a saciar a sua estranha fome,
Deus enviará sobre ele o ardor da sua cólera
E fará chover sobre ele os raios fulgurantes.

Ele tentará fugir à férrea armadura,
Mas o arco de bronze o acabará.

Arrancará a seta que o trespassa
E há de retirar das entranhas a espada cintilante,
Mas os terrores o envenenarão.

Toda espécie de desgraça está reservada aos seus tesouros;
Um fogo não soprado os destruirá
E consumirá o que tiver sobrado em sua tenda.

Os céus revelarão a medida do seu crime,
E a terra se elevará contra ele.

A abundância deixará sua casa para sempre
E suas riquezas rolarão à luz da cólera divina.

Eis a partilha que Deus reserva ao ímpio;
Esta é a herança que Ele lhe destina.

Job retomou a palavra.
E disse:

Escutai bem as minhas palavras,
E que nelas exista a vossa salvação.

Suportai, para que eu fale,
E só depois poderão zombar das minhas mágoas.

Por acaso eu me queixo do homem?
Por que não serei impaciente?

Voltai-vos para mim, sejais estupefatos,
Sobre a boca colocai a vossa mão.

Quando eu me lembro, sinto-me transido de horror,
E minha carne é percorrida pelo estremecimento.

Por que vivem os ímpios?
Por que envelhecem e aumenta sua força?

Sua posteridade prospera,
E seus descendentes se multiplicam.

Sem temor suas casas vivem em paz,
E a vara de Deus não se levanta sobre eles.

Seus bois se ajuntam com proveito,
Sua vaca não perde jamais os tenros filhos.

Deixam correr como um rebanho seus filhinhos,
E eles saltam em torno alegremente.

Ao som do tamboril e da harpa se divertem,
E se rejubilam ao som da frauta.

Passamos dias em branco esquecimento,
E de repente descem ao inferno.

E dizem a Deus: "Afasta-te de nós,
Não queremos saber dos teus caminhos.

Que é o Todo-Poderoso para que o adoremos?
De que nos serve mastigarmos orações?"

Decerto a felicidade não existe deste lado.
Longe de mim permanecerá a voz dos ímpios.

Mas quantas vezes a lâmpada dos injustos se apaga?
Quantas vezes a ruína tomba sobre eles,
E Deus lhes dá as dores em partilha?

Acontece que são às vezes como a palha ao vento,
E como o fragmento de palha que o turbilhão persegue.

Deus, dizeis, reserva aos seus filhos o castigo,
Ele é que deverá punir a fim de que o homem compreenda
[a sua falta.
E beba assim o cálice da cólera do Todo-Poderoso.

Porque, segundo ele, que lhe importa a sua casa,
Quando está completo o número dos seus meses?

Pois é a Deus que ensinarão a sabedoria,
Ele, que julga os mais elevados?

Este morre na plenitude da sua força,
Tranquila e serena é a sua vida.

Nos seus flancos a gordura cresce,
E escorre a medula dos seus ossos.

E este outro morre em triste sentimento,
Sem ter experimentado os bens da terra.

E são deitados juntos, na poeira.
E os vermes roerão a sua carne.

Decerto conheço os vossos pensamentos,
E os planos que forjais.

Quando dizeis — "Será a casa do poderoso,
A mesma tenda que habitam os ímpios?"

Não interrogastes os viajantes?
Mas não desconhecereis as suas provas,

Pois à luz da desgraça é poupado o homem ímpio.
À luz da vingança, o injusto foge.

Quem reprova em face a sua conduta,
E quem o pune pelo crime cometido?

Ele é conduzido ao campo sepulcral,
E repousa à sombra de um soberbo mausoléu.

Os torrões do vale lhe são doces.
Após ele virão os outros homens,
Como gerações já se levantam por detrás.

Como pois me concedeis consolações tão vãs?
Em vossas respostas só a perfídia subsiste.

Então Elifaz de Temã retomou a palavra,
E disse:

Pode o homem ser útil a Deus?
Não, o homem não é útil senão a si próprio.

Que importa ao Todo-Poderoso que sejas justo?
Qual o teu proveito quando permaneces íntegro em tua
[conduta?

Será porque temes que ele te corrija,
Ou que erija um julgamento sobre ti?

Não é considerável a tua malícia?
Teus crimes não são inumeráveis?

Pois sem motivo exigias penhor aos teus irmãos,
E despojavas os que ficavam nus.

Não oferecias o cântaro ao que se aproximava esgotado
[pela sede,
E recusavas pão ao que vinha roído pela fome.

A terra pertence ao homem forte,
E o poderoso estabelece a sua tenda.

Afastavas a viúva sem socorro,
E os braços dos órfãos eram partidos.

Este é o motivo por que as armadilhas se abrem aos teus
[passos,
E um terror inesperado te esmaga.

Acaso não vês a escuridão
E o transbordamento das águas que te cobrem?

"Deus não está no alto dos céus?
Olha como o cimo das estrelas é elevado!"

E tu dizias: "Que é que Deus sabe?
Será que ele pode julgar em plenas trevas?

As nuvens o ocultam e ele não vê,
Pois caminha na distância em que se inclina o céu."

Ó Job, caminhas sobre a rota do passado
Na qual marcharam os filhos da triste iniquidade.

Foram estes ceifados antes da colheita,
E o seu tempo foi como o rio que transborda.

Eram eles que diziam a Deus: "Afasta-te de nós,
Que pode fazer por nossa causa o Todo-Poderoso?"

Deus, no entanto, tinha enchido com a abundância a sua
[casa.
Que o conselho dos ímpios se mantenha pois longe de mim!

Os justos verão sua ruína com alegria,
E o inocente se rirá da sua perda.

"Nossos adversários foram esmagados;
O fogo consumiu os seus tesouros."

Confia-te a Ele e a paz descerá à tua consciência,
Só deste modo hás de recuperar a felicidade que perdeste.

Recebe pois a lei da sua boca
E grava os seus discursos sobre o coração.

Se voltas ao Todo-Poderoso, de novo a saúde será tua,
Afastarás a iniquidade de tua casa.

Lança por terra o que tens de precioso,
E nos cascalhos da torrente o ouro de Ofir.

O Todo-Poderoso será o teu tesouro
E luzirá para ti como um monte de prata.

Porque só assim agradarás ao Todo-Poderoso,
E elevarás a tua face para Deus.

Tu suplicarás e ele atenderá ao teu pedido
E só assim agirás segundo a sua vontade.

Se decidires alguma coisa, ela se realizará
E a luz se estenderá ao longo dos teus passos.

Quando os ímpios forem rebaixados, tu dirás: "Foi por causa
[do orgulho."
Deus socorrerá aqueles cujos olhos são humildes.

Ele preservará até mesmo o que delapidou sua inocência;
Ele será preservado pela pureza das suas mãos.

Job retomou a palavra.
E disse:

Ainda hoje a minha queixa é amarga;
O castigo é mais forte do que todos os meus gemidos.

Ah! por que não me foi dado o poder de encontrá-lo
E de chegar até o seu trono!

Diante dele suplicaria pela minha causa,
E minha boca se encheria de justificações;

Saberia o que significam as palavras que me responder,
E faria reparo à sua advertência.

Combater-me-á Ele com a sua força imensa?
Não prestará acaso nenhuma atenção a mim?

Aqui um homem direito discutirá à sua face,
E eu escaparei para sempre ao meu juiz.

Quando me dirijo ao oriente, Ele não se acha lá;
No ocidente, eu não o vejo.

Está Ele à minha esquerda? Eu não o percebo.
Esconde-se à minha direita? Não o vejo.

Entretanto Ele conhece o caminho que eu segui;
E, se me experimenta, mostrar-me-ei puro como o ouro.

Meus pés seguiram os seus passos;
Guardei o seu caminho e dele não fugi.

Não abandonei o preceito dos seus lábios
E mais do que minhas próprias leis seguia as suas ordens.

Mas Ele é único: quem o deterá?
Bem sei que executa tudo o que planeja.

Decerto, lavrará, Ele o seu decreto sobre mim,
E outros semelhantes serão expedidos contra o seu escravo.

Este é o motivo por que me aterrorizei diante dele;
Refletindo, tive medo da sua vontade.

E Deus amoleceu meu coração,
O Todo-Poderoso me aterrorizou;

Pois não foram as trevas que me colocaram em tormento,
E não foi a obscuridade que cobriu a minha face.

Por que os tempos não são ocultos aos olhos de Deus,
E por que não veem os fiéis o julgamento dos seus dias?

Os limites dos campos foram transformados,
Os rebanhos raptados e conduzidos à pastagem.

O asno dos deserdados foi levado,
O boi da viúva tomado de empréstimo.

Os necessitados foram repudiados do caminho,
Os desgraçados do país se escondem inutilmente.

Eis que, prosseguindo na sua obra,
Eles procuram a presa como os onagros do deserto;
A urze fornece o alimento dos seus filhos.

No campo ajuntam a sua colheita.
E rebuscam na vinha tratada pelo ímpio.

Eles passam as noites ao relento,
Sem teto para se abrigarem contra o frio.

Molhados pelas chuvas das montanhas,
Privados de refúgio, acolhem-se junto à rocha.

Arrastados na pilhagem, roubam o deserdado,
E perseguem o homem pobre.

Reduzem-no à nudez,
E pessoas esfomeadas roubam suas ervas.

Fazem óleo, fechados entre muros,
Esmagam o espremedor e não conseguem nenhum caldo.

Das cidades sobe a ânsia dos agonizantes,
E a alma dos feridos grita.
Mas Deus não repara nesta infâmia.

Estes são os que se rebelaram contra a luz,
São os que desconheceram suas vias
E fugiram às veredas que lhes foram destinadas.

O homicida se levanta ao despontar do dia,
Estrangula o pobre e o indigente,
E age à noite com as cautelas de um ladrão.

O olho do adúltero espia as trevas;
"Ninguém me verá", diz ele,
E coloca uma máscara sobre a face.

Outros forçam as casas enquanto as trevas reinam;
Mas durante o dia eles se fecham,
E assim ignoram a luz que purifica.

A manhã e a obscuridade são para eles como um todo,
Pois não conhecem os terrores que vagam no escuro.

Levemente escorregam à superfície das águas;
Que a sua partilha seja amaldiçoada sobre a terra,
Pois não se dirigem pelo caminho em que as uvas vicejam.

A aridez e o calor bebem as águas criadas pela neve;
Assim o inferno devora os que pecaram.

O seio maternal vos esquece,
Mas os vermes fazem dele pasto livre;

E ninguém mais se lembrará de que existiram.
A iniquidade se dilacera como se fosse tenro vime.

A mulher estéril era por eles castigada
E de suas mãos a viúva não recebia nenhum óbolo.

Deus arrasta os poderosos com a sua força;
Ele aparece e eles se desesperam desta vida.

Deus permite que se mantenham em segurança,
Mas o seu olhar não abandona os caminhos onde passam.

Eles se levantam — um pouco mais e já não existirão à luz
[da terra;
Abaixam-se — e, como as coisas, são à tumba aprisionados,
E aí fenecem como a extremidade das espigas.

E, se não for assim, quem me desmentirá
E reduzirá a nada o meu discurso?

Bildá de Suás voltou a falar,
E disse:

O domínio e o terror LHE pertencem,
Ele é quem restabelece a paz nas regiões do alto.

As suas hostes não são inumeráveis?
Sobre quem não desce a sua luz?

Como o homem poderá ser justo perante Deus?
Como o filho da mulher poderá ser puro ao seu olhar?

Eis, a própria luz é sem claridade,
E junto dele as estrelas são impuras.

Quanto mais o mortal, este verme,
O filho do homem, que não passa de um bichinho!

Mas Job respondeu,
E disse:

De que modo ajudaste ao fraco,
De que modo fortificaste o braço já sem força?

Que conselho deste ao que não possui sabedoria?
Fizeste abundantemente conhecer o que é salutar?

De quem anunciaste as palavras,
E de quem a inspiração se manifestou por ti?

Diante Dele, as sombras tremem;
Embaixo tremem as águas e os seres que as habitam.

Ao Seu olhar o inferno se torna solitário
E o abismo se desnuda.

Ele estende o aguilhão sobre o vazio;
E suspende a terra sobre o nada.

Aprisiona as águas entre as nuvens
E a nuvem não se rasga a este peso.

Ele sustém a face do Seu trono,
E o suspende acima do abismo.

Traçou um círculo sobre a face das vagas
Até o lugar em que a luz se abraça às trevas.

Estremecem as colunas do céu
E se mostram estupefatas com a sua cólera.

Levantou o mar com o seu poder
E com a sua inteligência abateu a flama do orgulho.

Com o seu sopro transfere a calma ao céu,
Sua mão trucidou a Serpente fugitiva.

Olha, ali não é senão a extremidade de suas rotas
Só um ligeiro rumor vem até nós.
Mas quem poderá compreender o rugir da sua força?

Job continuou o seu discurso,
E disse:

Pelo Deus vivo que arrebatou o meu direito,
Pelo Todo-Poderoso que me tornou a vida amarga!

Enquanto existir respiração em mim
E o sopro de Deus palpitar em minhas narinas,

Meus lábios não pronunciarão a iniquidade
E minha língua não proferirá o que é falso.

Longe de mim o pensamento de vos justificar!
Enquanto eu viver, não me despojarei da minha integridade.

Não abandono o meu protesto
Pois meu coração não tem remorso de nenhum dos dias que
[vivi.

Meu inimigo será tão ímpio como o ímpio
E meu adversário semelhante ao homem iníquo.

Pois qual será o prêmio do hipócrita que se tenha
[enriquecido,
Quando Deus lhe arrancar a alma?

Ouvirá Deus os seus gritos de socorro,
Quando a adversidade bater à sua porta?

Será da sua estima a imagem do Todo-Poderoso,
E virá sempre aos seus lábios o santo nome de Deus?

Eu vos ensinarei o que diz respeito ao nosso Criador;
Eu não vos esconderei o sistema do Todo-Poderoso.

Decerto vistes tudo;
Por que, pois, alimentar a fragilidade destas ilusões?

Eis a partilha que Deus reserva ao homem ímpio,
A herança que o tirano receberá do Todo-Poderoso:

Seus filhos só se multiplicarão pela espada,
E jamais seus descendentes se fartarão de alimento.

Seus rebentos serão acalentados pela epidemia,
E suas viúvas não terão lágrimas para derramar.

Se amontoa dinheiro como o pó da terra,
E se prepara vestimentas sem conta,

Será em proveito do justo,
Pois o seu dinheiro será partilhado.

Construiu a sua casa como um inseto,
Semelhante à cabana que levanta o guardião das vinhas.

Rico se deitará, mas não será amortalhado;
Se reabrir os olhos, não verá mais nada.

Os terrores o solaparão como as ondas;
Durante a noite o furacão o surpreenderá.

O vento sul desaparecerá depois de arrebatá-lo,
E o fará rodopiar longe da casa em que reside.

E Deus sem piedade há de lançar sobre ele os seus raios,
Quando tentar fugir à sua cólera.

A seu respeito nascerá a incredulidade
E na sua terra será corrido de assovios.

Há um lugar de onde a prata é extraída,
E onde o ouro é polido.

O ferro é extraído do mineral,
E a prata liquefeita produz o bronze.

O homem colocou um termo às trevas;
Ele explora a pedra aos últimos limites,
Até à obscuridade e às sombras da morte em que ela se
[esconde.

Ele perfura a terra longe dos lugares habitados;
Os que jazem esquecidos sob os pés dos caminhantes
São suspensos e se agitam onde os homens não respiram.

A terra de onde sai o pão
É varrida nas profundezas pelo fogo,

Suas pedras são o receptáculo da safira
E também ocultam o pó de ouro.

É uma vereda que a ave de rapina não conhece,
E que o olhar do gavião não percebeu.

Os leões nunca a pisaram,
O chacal jamais passou por lá.

O homem pôs a mão sobre o granito
E revirou montanhas desde a extremidade.

Abriu frestas nos rochedos,
E seus olhos depararam com o que é mais precioso neste
[mundo.

Ele impediu as águas de escorrer,
E trouxe à luz o que vivia oculto!

Mas a sabedoria, de onde é tirada?
Qual é o centro da inteligência?

O homem não conhece nada semelhante à inteligência,
Pois ela não se acha no seio dos mortais.

O abismo diz: "Ela não está em mim."
E diz o mar: "Também comigo não está."

Não se pode obtê-la pelo ouro,
Nem pesando a prata para a sua aquisição.

Junto com ela o ouro de Ofir não poderia ser pesado
Nem o ônix precioso ou a rútila safira.

Não a igualam o ouro e nem o vidro,
E um vaso de ouro fino não pode ser aceito em troca.

Que não se mencione o coral e nem o cristal,
O preço da sabedoria é superior às próprias pérolas.

O topázio da Etiópia a ela não se iguala,
Nem com ela podia ser posto na balança o ouro puro.

Mas de onde vem a sabedoria,
Qual é o centro da inteligência?

Ela é oculta aos olhos do mortal,
E a ignora o pássaro do céu.

A seu respeito disseram a morte e o abismo:
"Pelos nossos ouvidos soubemos que existe."

E Deus é o único que sabe o seu caminho,
Só ele não ignora onde é o centro.

Pois ele vê até os derradeiros horizontes,
E percebe tudo que existe sob o céu,

Para determinar o peso ao vento
E medir as águas com a balança.

Quando ele prescreveu uma lei à ventania
E traçou um caminho à fúria dos relâmpagos,

Neste momento é que ele a viu e a proclamou,
Consolidou-a e experimentou-a;

E disse ao homem:
"O temor de Deus, eis a verdade,
Fugir ao mal, aí reside a inteligência."

Job continuou a exposição do seu discurso,
E disse:

Ah! por que não sou igual aos meses do passado,
Igual aos dias em que Deus me acalentava;

Quando a sua lâmpada brilhava sobre mim
E à sua luz eu caminhava sobre as trevas;

Tal como eu era na minha mocidade,
Quando a amizade de Deus reinava na minha casa.

E o Todo-Poderoso estava do meu lado,
E meus filhos me cercavam.

Quando no leite os meus passos se banhavam,
E junto a mim a rocha se abria em fontes de licor.

Quando ao sair passava pela porta a caminho da cidade,
E em praça pública preparava o meu lugar.

Então me viam os moços e depois se retiravam,
E em pé se punham os velhos e assim permaneciam.

Detinham-se os príncipes em meio a seus discursos
E cobriam a boca com a mão.

E muda permanecia a voz dos poderosos,
E a língua aprisionada ao palatino.

Pois o ouvido que me ouvisse celebrava em meu louvor,
E testemunhava em meu favor o olhar que então me visse.

É que eu tinha salvo o pobre e o que invocava o meu socorro,
Bem como o órfão privado de assistência.

Descia sobre mim a bênção dos desesperados,
E o coração da viúva se alegrava ao meu discurso.

Assim eu revestia a justiça e ela a mim próprio revestia,
Minha retidão era para mim como um abrigo e um turbante.

Eu era o olho do cego
E o pé do coxo;

Eu era o pai dos necessitados
E examinava a causa do desconhecido;

Eu dilacerava a face ao homem iníquo,
E arrancava a presa dos seus dentes.

E eu dizia: "Perecerei com o meu ninho,
E multiplicarei os meus dias como a areia.

Minha raiz será aberta à água,
E o orvalho descerá à noite nos meus galhos.

Comigo permanecerá nova a minha glória,
E o ar se fortificará à minha mão."

Eles me escutavam e esperavam,
E permaneciam mudos, aguardando o meu conselho.

Nada mais reiteravam depois do meu discurso,
E sobre eles se destilava a minha palavra.

E esperavam em mim como se espera a chuva,
E avidamente abriam a boca, como para receber as gotas
[retardadas.

Se lhes sorrisse não me acreditavam,
E assim não perturbavam a serenidade da minha face.

Eu escolhia o seu caminho e me assentava à cabeceira,
E residia como um rei em meio ao seu exército,
Como aquele que é o consolo dos aflitos.

E agora zombam de mim os que são
Mais moços do que eu apenas dias,

E cujos pais eu desdenhava,
De colocar entre os cães do meu rebanho.

E também para que me serviria a força de suas mãos?
A velhice está latente neles.

Emagrecidos pela fome e pelas necessidades
Fogem para o deserto,
E desde aí vivem numa terrível solidão.

Colhem frutos selvagens nos galhos do espinheiro,
E a raiz da genebra é o seu alimento.

Expulsos dentre os homens,
Perseguem-nos como ao ladrão.

Em horríveis vales habitam as cavernas,
Na terra e nos rochedos;

Uivam no mato.
E acampam à sombra dos penedos.

Filhos do insensato, e filhos sem renome,
Retiraram-se da terra.

E agora eu sou motivo do seu riso,
E o alvo de suas palavras zombeteiras.

Conservam-me horror, afastam-se de mim,
E à minha face não se impedem de escarrar.

Libertaram-se do meu freio
E longe de mim lançaram a brida arrebentada.

À minha direita esta raça se levanta,
Com rancor procuram me empurrar.

E abrem contra mim suas armadilhas perigosas,
Destroem a minha vereda,

Contribuem para a minha ruína,
Sem utilidade para eles.

Chegam como através de uma grande brecha,
Rolando com o rumor da tempestade.

Os terrores se voltaram contra mim,
Perseguindo o meu renome como o vento,
E minha felicidade se dilacerou como uma nuvem.

Eis que o meu coração se abre em mim,
Pois os dias de aflição me arrebataram.

Durante a noite meus ossos se agitam,
E as minhas artérias não cessam de bater.

E tal violência torna em andrajos as minhas próprias roupas,
Pode me servir de cinto a ponta de minha túnica.

ELE lançou-me sobre a lama,
E eu me sinto semelhante à cinza e à poeira.

E eu grito a ti, ó Deus, tu não me respondes;
Quando não me mantenho de pé, severo me contemplas...

És cruel para comigo,
E, pelo vigor de tua mão, me tratas como um inimigo.

Tu me elevas pelo vento, e me fazes subir,
E me dissolves depois como a espuma.

Pois eu sei que me levas para a morte,
À casa em que o vivo se reúne ao que foi vivo.

E apesar de tudo não estendes a mão ao que implora a
[morte,
Nem ao que O chama em sua angústia.

Não chorei sobre o aflito?
Minha alma não se entristeceu à vista do necessitado?

Pois eu esperava a felicidade, e foi a desgraça que
[sobreveio.
Eu esperava a luz e as trevas me foram dadas.

Minhas entranhas se agitam sem descanso.
Os dias de aflição me envolveram.

Caminho sob a névoa, sem nenhum calor do sol.
Levanto-me e grito na assembleia:
"Tornei-me o irmão do dragão, e o amigo do avestruz."

Minha pele enegrecida se desprende,
Meus ossos ardem ao calor que não perdoa.

Minha harpa se tornou um instrumento de desdita,
E minha lira ressoa à voz das lágrimas.

Eu tinha um pacto com meus olhos:
De que modo teria podido pois olhar para uma virgem?

E que partilha poderia esperar de Deus no alto,
Que herança do senhor dos céus?

Não foi feita a ruína para o perverso,
E a desgraça para os operários da iniquidade?

Decerto Deus considera as minhas vias,
E conta os meus passos.

Se eu me tornei culpado de mentira,
Se meus pés correram atrás do engano,

Que Deus me pese na balança da justiça,
E reconhecerá então a minha integridade.

Se a minha marcha se afastou do bom caminho,
Se meu coração seguiu a cobiça dos meus olhos,
E, se em minhas mãos surgiu uma nódoa,

Que eu semeie e que outro faça a minha colheita,
E que meus rebentos sejam desenraizados!

Se uma imagem de mulher arrebatou o meu coração,
E se espiei à porta do meu próximo,

Que sirva minha esposa à volúpia de um outro,
E que seja desonrada!

Pois é um crime,
E uma iniquidade ante os juízes,

Um fogo que devora o âmago da terra
E que teria destruído a minha fortuna.

Se desdenhei o direito do meu servidor
E da minha serva, quando tinham razão a seu favor,

Que farei quando Deus se levantar?
Que lhe responderei quando ele me punir?

O que me criou no ventre também não foi criado?
O mesmo que me criou se formou no seio maternal.

Se furtei aos humildes um objeto de desejo,
Se fiz enlanguescer os olhos da viúva,

Se comi o meu pão na solidão,
Sem que o tenha comido também o deserdado...

(É certo que, desde a mocidade, Ele cresceu comigo como se
[eu estivesse junto a um pai,
E de mim cuidou desde que saí do seio de minha mãe.)

Se vi um desgraçado privado de roupa,
Ou um necessitado sem coberta;

Sem que seus membros me tenham abençoado
E sem que tenha sido aquecido com a lã dos meus carneiros;

Se levantei o braço contra o órfão
Porque possuía um padrinho no tribunal;

Que minha espádua caia separada do meu corpo
E que meu braço seja arrancado fora da juntura!

Pois temi o castigo divino,
E me tornei impotente diante da sua majestade.

Se eu pus em ouro a minha confiança,
Se murmurei ao metal amarelado: "Tu és a minha única
[esperança."

Se me regozijei de que minha opulência fosse grande,
Do que eu juntei com as minhas mãos;

Se olhei a luz quando brilhava,
E a lua se avançando extasiante,

E se meu coração tiver sido secretamente seduzido,
E que minha mão se tenha impresso nos meus lábios,

Também isto é um crime castigável,
Pois terei renegado o Deus supremo!

Se me regozijei da desgraça do inimigo,
E se me alegrei vendo a adversidade o atingir;

Se permiti pecar a minha língua
Proferindo uma imprecação contra a sua alma;

Se não tiverem dito em minha casa:
"Não se acha nenhum faminto à sua mesa!"

(O estrangeiro nunca passou a noite ao relento,
Ao viajante abri as minhas portas.)

Se como os homens escondi os meus pecados,
Ocultando o crime no meu seio,

Porque tremesse diante de uma grande multidão,
E o desprezo das famílias me gelasse de terror,
Fugindo assim, em silêncio, à porta da difamação...

Ah! Porque não tive eu alguém que me escutasse!
Eis o meu escrito; que o Todo-Poderoso me responda!
Que o meu adversário redija a sua memória!

Eu a trarei sobre a espada,
Cingir-me-ei a ela como a uma coroa!

Direi o número exato dos meus passos
E me aproximarei dele como um homem reto.

Se contra mim brada a minha terra,
Se os seus braços choram a minha tirania,

Se consumi os frutos sem pagar devido preço,
Se entristeci a alma dos senhores,

Que em lugar do trigo cresça o espinheiro nos meus campos
E a erva daninha apareça em lugar de cevada!

Os três homens cessaram de replicar a Job, já que ele se considerava como um justo aos seus próprios olhos.

Então a cólera de Eliú, filho de Beraquel, o Buzita, da família de Ram, se acendeu contra Job; ele não podia se conter, ao ver que o outro se considerava mais justo do que Deus; e se enfureceu também contra os seus três amigos porque eles não tinham encontrado nenhuma réplica, ainda que tivessem condenado Job.

E Eliú tinha escutado Job com os seus discursos, porque os outros eram mais velhos do que ele em idade.

Eliú, tendo pois visto que não havia resposta nos lábios dos três homens, sua cólera cresceu como o fogo.

E Eliú, filho de Beraquel, respondeu e disse:

Sou moço em tempo e vós sois velhos;
Este é o motivo por que eu temi e não ousei
Vos exprimir a minha opinião.

Eu me dizia: "Que os dias falem,
E que a idade manifeste a sabedoria que possui."

Mas a sabedoria é um espírito oculto no âmago do homem,
E o sopro do Todo-Poderoso é quem dá luz à inteligência.

Não são os idosos os mais sábios,
Nem todos os velhos compreendem a justiça.

Este é o motivo por que digo: "Escutai-me,
Quero também exprimir a minha opinião."

A verdade é que ouvi vossas palavras,
E prestei atenção a discursos insensatos.

Eu estava atento e não vi ninguém que bradasse contra Job,
Ninguém que ousasse refutar as suas palavras.

Não podeis dizer: "Encontramos a sabedoria,
Que Deus o castigue, pois, e não o homem."

Ele não dirigiu contra mim as suas palavras,
E não é a tais discursos que nós responderemos.

Eles se mostram aterrorizados, e já não respondem,
Pois as palavras lhes fugiram dos lábios.

E hei de esperar porque somente já não falam,
Porque se detiveram e não ousam responder?

Quero responder, eu também, da minha parte,
Quero exprimir, eu também, minha opinião,

Pois estou cheio de razões,
E o espírito estremece na minha alma.

A minha alma é como o vinho aprisionado
E que arrebenta os odres novos.

Quero falar e só assim ficarei aliviado;
Abrirei meus lábios e assim responderei.

Não farei exclusão de meus amigos,
E não adularei nenhum mortal.

Pois eu não sei adular,
E se o fizesse, pouco faltaria para que o meu criador me
[arrebatasse.

Mas, ó Job, escuta os meus discursos,
E esteja atento às minhas palavras.

Eis que já abri a boca,
E a língua se move na minha abóbada palatina.

Meus discursos exprimem a retidão do meu caráter,
E meus lábios só exprimem o que é verdade pura.

O espírito de Deus me criou,
E o sopro do Todo-Poderoso me anima.

Se tu podes, responda-me;
Prepara-te e coloca-te ante mim.

Eis que sou como tu ao olhar de Deus:
E como tu, sou formado de argila.

O temor de mim não te aterroriza,
E meu peso não pesa sobre ti.

Mas tu disseste aos meus ouvidos —
Eu ouvi o som das tuas palavras:

"Eu sou puro, sem pecado,
Sou sem nódoa e não tenho nenhum crime.

Decerto, Ele procura pretextos contra mim.
E me considera como um inimigo.

Ele coloca um entrave nos meus pés,
E observa as minhas vias."

E eu te respondo que nisto não és justo,
Pois Deus é bem maior do que um mortal.

Por que disputas contra Ele
Já que ninguém explica as suas ações?

Pois Deus fala uma vez e mesmo duas vezes,
Quando não se está atento.

Num sonho ou em meio à visão noturna,
Quando um desfalecimento enleia os homens,
E os encarcera sobre o leito.

Aos ouvidos mortais o Criador lança então a sua advertência,
E coloca neles o selo da sua inspiração,

Para afastar o homem do sentimento da maldade,
E preservá-lo do orgulho.

Assim Deus arrebata sua alma à destruição
E salva sua vida da espada.

É sobre o leito que a dor corrige o homem
Pela luta que o seu corpo trava pela vida.

Seu apetite se desgosta do pão
E sua alma dos pratos delicados.

Visivelmente sua carne se decompõe,
Seus membros se separam e nada existe dentro em breve.

Sua alma da morte se aproxima,
E sua vida é de dores sem consolo.

Se junto a ele paira um anjo mediador,
Que o esclarece no caminho do dever,

Deus do homem então se compadece e diz ao anjo:
"Libertai-o, para que não desça assim à tumba;
Ajudarei o seu resgate."

Seu corpo então regressa a uma segunda mocidade,
E o homem volta aos dias da sua adolescência.

Dirige suas súplicas a Deus, que se torna favorável,
E mostra a sua face com bondade,
E julga assim o mortal segundo a sua justiça.

Se agiu duramente em relação aos homens,
E se diz:

"Pequei e corrompi o direito
E não fui tratado segundo o que eu mereço;

Libertou minha alma para que ela não procurasse o próprio fim
E a luz descerá à minha vida."

Pois foi isto que Deus fez,
Duas vezes, três vezes com o homem,

Para arrancar sua alma à destruição
E para que ela brilhe à luz da vida.

Esteja atento, Job, escuta-me apenas,
Cala-te, e eu somente falarei.

Se tens alguma coisa a responder, responda-me.
Fala, pois desejo a tua salvação.

Se não, escuta-me,
Cala-te, e eu te mostrarei o que é a sabedoria.

E Eliú retomou ainda a palavra,
E disse:

Sábios, escutai as minhas palavras;
Homens instruídos, prestai atenção ao meu discurso.

Pois o ouvido discerne o valor das frases
Como o paladar julga as iguarias.

Escolhamos o que é justo,
Examinemos entre nós o que é bom.

Pois Job disse: "Eu sou justo,
E Deus arrebatou o meu direito.

Mentirei sem ter vontade?
Pois ele disse: 'Não serve de nada ao homem.'"

Qual o homem que semelhante a Job
Bebe assim a blasfêmia como água?

Qual o que caminha assim junto ao fabricante da mentira,
E marcha ao lado das pessoas ímpias?

Pois Ele disse: "Não serve de nada ao homem
O estar em amizade com o seu Criador."

Eis por que, ó homens de coração, deveis ouvir-me.
Longe de Deus ser tão injusto,
E de cometer alguma iniquidade,

Ele devolve ao homem segundo a sua obra,
E desce ao coração de cada um segundo a sua conduta.

Não, certamente Deus não é injusto,
E o Todo-Poderoso não renega o que é direito.

Quem lhe confiou a terra?
E quem criou o Universo inteiro?

Se Ele não considerasse senão sua própria divindade
E se retirasse ao espírito o seu sopro,

Toda a carne pereceria ao mesmo tempo,
E o homem tombaria sobre a poeira,

Ora, se tens inteligência, escuta isto,
Presta atenção ao som das minhas palavras:

Poderá reinar o que odeia a face da justiça,
E podes acusar o justo, o poderoso?

Podes chamar o justo de rebelde,
E de ímpio aquele que é príncipe?

Deus não possui preferência pelos príncipes,
E não eleva o rico sobre o pobre,
Pois todos eles são obras de suas mãos.

Os príncipes morrerão de repente à meia-noite,
Quando o povo se sublevar — e assim perecerão;
O forte será arrebatado por mão invisível.

Pois Seus olhos estão abertos ao caminho do homem
E Ele sabe de todos os seus passos.

Não existem nele nem trevas e nem obscuridade
Para esconder os artesãos da iniquidade.

Pois Ele não examina o homem longamente
Para que seja chamado em julgamento aos pés de Deus.

Destrói os poderosos sem exames prolongados,
E outros nascem em seu lugar.

E isto porque sabe de todas as suas obras
E os abate no decorrer da noite. E nada restará.

Ele os castiga como ímpios,
Aos olhos de uma multidão de expectadores.

E isto porque se afastaram do seu jugo,
E não consideraram os seus caminhos.

E assim vinga o clamor do pobre,
E a queixa dos humildes que subiu à sua face.

Quando Ele tranquiliza, quem poderá alterar a serenidade?
Esconde sua face — e quem o verá?
E o que vale assim por uma nação, também vale por um
[homem

Para que o hipócrita não reine,
Nem aqueles que são um castigo para o povo.

E Job diz a Deus:
"Eu trouxe minha pena e não farei mais dano.

Ensina-me, tu, o que eu não vejo;
Se cometi injustiça, não voltarei a cometê-la."

Deve Ele devolver ao homem segundo o teu sentido?
Pois rejeitas, escolhes, e não eu,
E isto é só o que sabes, dize?

Os homens de espírito decidirão a nossa causa,
Assim como o homem sábio que me escuta. E dirão:

"Job não fala em conhecimento,
Suas palavras não foram amadurecidas na meditação.

Meu desejo é que Job seja experimentado até que se
[convença,
Em castigo à sua resposta, filha da má inspiração.

Pois ele ajunta a impiedade ao seu pecado:
Entre nós ele próprio se aplaude
E multiplica seus discursos contra Deus."

Eliú continuou ainda o seu discurso,
E disse:

Consideras uma justificação
Quando dizes: "Eu sou mais justo do que Deus"?

Quando dizes: "Que me adianta, em que minha inocência
Me é mais proveitosa do que o meu pecado?"

Eu quero pois responder-te por meio de palavras
E ao mesmo tempo aos teus amigos.

Olha o céu
E as nuvens colocadas muito alto para as tuas mãos.

Se pecas, que abalo poderá causar isto ao Todo-Poderoso?
E, se são grandes os teus crimes, que lhe importará tal fato?

Se és justo, qual é o prêmio que Ele lhe concede
Ou que recebes em troca, da sua mão?

Tua impiedade é para um homem igual a ti,
E tua justiça é para os filhos do homem.

O fraco grita por causa do grande número de opressões,
E se queixa da violência dos poderosos.

Mas ninguém diz: "Onde está Deus, meu Criador,
Que à noite espalha cânticos sobre nós?

Que nos ensina mais do que aos animais da terra,
E nos torna mais inteligentes do que os pássaros do céu?"

Os homens gritam contra o orgulho dos homens maus,
E Ele não responde,

Deus não escuta as vãs lamentações,
E o Todo-Poderoso não repara nestas coisas.

Ainda mais quando dizes que nem sequer o percebes!
O litígio está com Ele, espera a sua misericórdia.

E, agora que sua cólera não puniu nenhuma falta,
Não se ocupará Ele com pecados tão consideráveis?

Mas Job abre a boca alucinado
E as palavras lhe nascem sem sentido.

E Eliú continuou ainda
E disse:

Espera até que eu te instrua,
Pois ainda tenho palavras sobre Deus.

Tomarei do alto a minha sentença
E farei justiça ao meu Criador.

Pois certamente as minhas palavras não são mentirosas:
Este que fala contigo possui íntegros sentimentos.

Veja, Deus é poderoso e no entanto não despreza ninguém,
Poderoso pela força da sua inteligência.

Ele não favorece o ímpio,
E o julga com justiça.

Jamais afasta os olhos do homem justo
Nem dos reis destinados ao trono;
Aí ele os coloca para sempre e assim são exaltados.

E quando eles são carregados de correntes,
Aprisionados nos laços da miséria,

Deus anuncia então sua obra e seus pecados,
E o momento em que a soberba os assaltou,

E abre os seus ouvidos com conselhos,
E os exorta a se afastarem da iniquidade.

Se eles o escutam e assim se submetem,
Acabam seus dias na felicidade
E os anos em delícias;

Mas se não o escutam, perecem pela espada,
E morrem na estupidez.

Mas os corações hipócritas entretêm a cólera,
Eles não gritam a Deus senão quando as cadeias lhes são
[atadas.

Sua alma morre em plena mocidade,
E sua vida se extingue entre os homens impuros.

Mas ele liberta os humildes pela sua própria miséria,
E pela pena os adverte.

E tu também, ele te livrou da seta da angústia,
Em direção a um espaço largo, no qual a desgraça não existe
E tua mesa será posta carregada de delícias.

Mas se satisfizeste a vontade do homem,
O castigo e a justiça te esmagarão.

Que a irritação não te leve à blasfêmia,
E que a grandeza do resgate não torne cego o teu olhar,

Tua riqueza te bastará?
Nem o ouro, e nenhuma demonstração de força bruta.

Não aspire a outra coisa além da noite,
Onde povos são arrebatados do lugar em que nasceram.

Preserva-te da tentação da iniquidade,
Pois já a escolheste pela miséria.

Veja, Deus é exaltado na sua força,
Quem poderá ensinar como Ele ensina?

Quem lhe prescreve o seu caminho?
E quem pode dizer: "Cometeste a injustiça"?

Deves glorificar a sua obra,
Que outros homens celebraram nos seus cantos.

Todo homem a vê,
E o mortal a distingue de longe.

Assim Deus é exaltado e nós não o sabemos;
E o número dos seus anos é impenetrável.

Ele faz cair as gotas d'água
Que se liquefazem em chuva, pelo seu vapor.

Em seguida as nuvens se estendem sobre o céu
E tombam sobre os homens reunidos.

Compreenderão também o modo pelo qual a nuvem se dilata,
E o rumor que rola no seu berço?

Veja, Deus estende em torno a sua claridade
E se agasalha como nas profundezas do mar.

Por estas coisas é que Ele julga os povos,
E pela qual dá o alimento em abundância.

E envolvendo a sua mão em chamas,
Designa aqueles que elas devem aniquilar.

O rumor dos seus passos o anuncia
E rebanho pressagia também o momento em que Ele vai
[levantar-se.

Por causa disto o terror também se apodera do meu
[coração,
Que bate alucinado.

Escuta, escuta com temor sua voz
E o murmúrio que se escapa da sua boca...

Ele o faz rolar sobre a extensão do céu aberto,
E sua claridade se espalha às extremidades da terra.

Após ele a voz ruge,
Estala o seu trovão majestoso
E nada o detém, quando ressoa a sua fala.

Deus, por sua voz, faz surgir maravilhas
Ele opera grandes coisas incompreensíveis para nós.

Pois diz à neve: "Esconda-se sob a terra."
A chuva benfeitora, bem como a que estala em torrentes,
[é um capricho da Sua força.

E ao homem Ele limita seus poderes,
No conhecimento de todas as particularidades da sua obra.

O animal feroz a um antro se retira
E repousa na sua toca.

Da região meridional acorre o furacão,
E dos ventos do norte desce o frio.

Do sopro de Deus o gelo surge,
E a extensão das águas se congela.

Também na serena imensidão a nuvem é soprada
E sua luz dissipa a névoa.

Ele muda os circuitos conforme seus desígnios,
Para que executem tudo o que pela Sua voz lhes foi mandado,
Na superfície da terna habitada,

Às vezes como um rio para a terra,
Às vezes como uma fonte em obras boas.

Presta atenção a isto, Job;
Detém-te e considera as maravilhas de Deus.

Sabes quando Deus lhes dá as Suas ordens,
E Sua bruma faz luzir a claridade?

Conheces quando é a época das nuvens oscilarem
Como milagres da sua perfeita inteligência?

Tu, cujas roupas transmitem o calor
Quando a terra está em repouso no lado do meio-dia,

Estendeste com ele a imensidão dos céus
Sólida como se fosse um espelho de metal?

Faz-nos conhecer o que devemos lhe dizer;
Nada podemos produzir devido à escuridão.

Dizem a Ele que eu falo?
O que alguém proclama lhe é escondido?

E no entanto os homens não veem a claridade
Que brilha junto às nuvens;
Um vento passou e os aquietou.

Do norte se estende um céu dourado,
Sobre Deus se espalhou uma temível majestade.

O Todo-Poderoso, grande na sua força, não está ao nosso
[alcance.
Ele é o direito, e abunda na justiça, e além do mais não
[tiraniza.

Este é o motivo, ó homens, por que deveis temê-lo.
Ele não considera nem sequer os mais sábios.

E Jeová, em meio à tempestade, dirigiu a palavra a Job
E disse:

Quem é este que obscurece a minha resolução,
Por discursos sem sentido?

Cinge os teus rins como um homem;
Eu te interrogarei e tu me instruirás.

Onde estavas quando coloquei os fundamentos da terra?
Responde, se sabes o que é a inteligência.

Quem estabeleceu as medidas,
Quem sobre a terra estendeu a imensa corda,

Sobre que foram traçadas as suas bases?
Quem no abismo lançou a pedra angular,

Quando os astros da manhã cantaram juntos,
E soluçou de alegria o que saiu das mãos de Deus?

Quem fechou o mar nos seus limites,
Quando ele surgiu espumante do seio maternal,

Quando eu lhe dei a nuvem por roupagem
E as trevas como linhos,

Quando eu lhe fixei a minha lei,
E coloquei em torno portas e barreiras,

E lhe disse: "Até aqui virás e não mais longe,
Aqui se deterá o orgulho de tuas ondas"?

E existindo, ordenaste à manhã com tua voz
E indicaste o úmido berço da aurora,

Para que ela aprisionasse a terra nas suas pontas?
Acaso sacudiste os ímpios?

Ao surgir da aurora a terra se transforma como o barro nas
[mãos do oleiro,
E as coisas aparecem como um rico vestuário.

Aos ímpios a luz é retirada,
E é partido o braço levantado.

Penetraste até às fontes do oceano,
E desceste às profundezas do abismo?

Ante o teu olhar se descerraram as portas da morte?
Viste o inferno mortal em que as sombras transitam?

Mergulhaste o olhar até os confins da terra?
Dize, se conheces estas coisas!

Qual é o caminho para o lugar em que a luz reside?
E a obscuridade, de onde nasce?

De que modo podes conduzi-la ao seu limite
E obrigá-la a ver assim a vereda da razão?

Disto sabes, sem dúvida, pois nasceste há muito tempo
E já é grande o número dos teus dias!

Vieste aos reservatórios onde guardo a neve?
Viste a casa da geada,

Que eu ajunto para os tempos da desgraça,
Para o dia da guerra e do combate?

Sabes qual é o caminho onde a luz se torna em duas,
Onde o vento norte se dispersa sobre a terra?

Quem sulcou uma esteira à tromba d'água,
E um caminho aos raios da tormenta,

Para que chova sobre a terra privada de habitantes
Sobre um deserto onde nunca vai ninguém,

A fim de apagar a sede do que é selvagem e solitário,
E para fazer nascer a erva sobre os prados?...

A chuva tem um pai?
Quem inventou as gotas de orvalho?

De que mãos nasceu o gelo?
A névoa do céu, quem a fez tão leve assim?

Como a pedra, as águas se contraem,
E a superfície do abismo é presa em laços invisíveis.

E as Plêiades, quem as retém na sua cadeia,
Ou quem rompe as correntes de Órion?

Por acaso fazes nascer constelações do nada
E guias a Ursa e os seus filhinhos?

Sabes quais são as leis do céu?
Distribuis sobre a terra a tua grandeza?

Elevas até as nuvens tua voz,
Para que te cubram as quedas d'água?

Comandas tu os raios, de modo que eles marchem
E digam: "Eis-nos aqui"?

Quem colocou a sabedoria oculta no âmago do homem,
Ou quem deu a inteligência aos meteoros?

Quem pode contar as nuvens com sabedoria
E derramar os odres do céu,

De maneira a agregar a poeira numa massa compacta,
E dar coesão às pastagens da terra?

Procuras tu, para a leoa, a caça e o alimento?
Satisfazes a avidez dos leõezinhos,

Quando eles estão deitados nos seus antros,
Ou nas suas tocas seguindo as presas com o olhar?

Quem prepara ao corvo o seu alimento,
Quando seus filhos gritam para Deus,
E erram sem encontrar o que comer?

Sabes tu qual é o minuto em que é concebida a cabra
[selvagem?
Observas as dores da fêmea prestes a parir?

Contas os meses durante os quais se acham cheias,
E conheces o instante da sua libertação?

Ela se estorce, lança fora os seus pequenos,
E assim se descarrega das suas dores.

Seus pequenos tomam força e crescem sobre um campo raso;
Partem e nunca mais voltam a elas.

Quem pôs em liberdade o asno selvagem?
Quem deste animal arrebentou os laços?

A quem eu dei por lar a solidão,
E cujo retiro é uma terra estéril?

Ele se ri do tumulto da cidade
E não ouve os gritos do caçador.

Percorre as montanhas à procura de alimento,
E de um pouco de verdura.

Quereria o búfalo pertencer-te como um servo,
Deter-se-ia ele diante da tua manjedoura?

Prendes a rena ao jugo para abrir uma vereda?
És capaz de obrigá-la a trabalhar os vales para ti?

Podes confiar no búfalo, porque a sua força é grande,
Podes abandonar a ele o fim do teu trabalho?

Deixas a ele o cuidado de colher o que plantaste,
E de encher as tuas arcas?

A asa do avestruz se estende alegre;
É asa, a pluma da cegonha?

Ele confia seus ovos à terra morna
E os esquenta sob a poeira ardente.

Esquecendo que o pé do homem destrói,
E que o animal dos campos os esmaga;

Cruel para com os seus pequenos, como se não fossem dela,
Não tem medo de que a sua concepção seja perdida.

Pois Deus a privou de sabedoria,
E não lhe deu em partilha a inteligência.

Mas, quando ela se põe de pé para voar,
Ri-se do cavalo e do homem que o monta.

Dás vigor ao cavalo?
Ornaste a sua fronte com a crina que ondula?

Faze-o saltar como a rã?
O orgulho do seu zurro espalha o medo.

Furando o sol e regozijando-se com sua força,
Ele se lança diante da armadura.

Zomba do medo e não treme jamais,
Nunca recua diante da espada.

Sobre ele estremece a aljava,
A flama da lança e a força do chuço.

As armas vibram com furor, e ele devora a terra,
E não se detém senão quando a trombeta soa.

A trompa vibra e ele parece dizer: "Ah!"
E de longe pressente a batalha,
A voz imperiosa dos chefes e o grito de triunfo.

Será por tua inteligência que o açor
Voa e abre as asas em direção ao meio-dia?

Será por tua ordem que a águia se eleva até as nuvens,
E coloca nas alturas o seu ninho?

Ela habita o rochedo e passa a noite
Sobre a ponta escarpada que lhe serve de fortaleza,

Daí é que ela vigia a sua presa
E seus olhos mergulham na distância.

Seus filhotes saboreiam o sangue
E onde apodrecem cadáveres, aí está a águia.

Jeová respondeu ainda a Job
E disse:

Aquele que discute com o Todo-Poderoso já se acha
[convencido?
Aquele que repreende Deus, poderá ainda responder?

Job respondeu a Jeová e disse:

Fui muito leviano; que te responderei?
Coloco minha mão sobre a boca,

Já falei uma vez, e não voltarei a responder;
Duas vezes, e nada mais ajuntarei.

Então Jeová tornou a falar em meio à tormenta e disse:

Cinge pois os teus rins como um homem;
Eu te interrogarei e tu me instruirás.

Queres realmente aniquilar o meu direito?
Acusar-me, a fim de te justificares?

E se tivesses um braço como Deus o tem,
E através da tua voz o acusasses?

Detém-te, arma-te de grandeza, e de elevação,
Reveste-te de majestade e de magnificência;

Retém os transbordamentos da tua cólera,
Contempla o orgulho e o abate.

Contempla o teu orgulho humilhado,
E esmaga os ímpios no lugar em que se acham.

Esmaga-os juntos na poeira,
Oculta a sua face no mistério.

E também eu te louvarei,
Daquilo que tua honra te aconselhou.

Eis o hipopótamo que eu criei contigo
E que come erva como um boi.

A sua força reside nos seus rins,
E seu vigor nos músculos do ventre.

Ele agita sua cauda como um cedro,
Os nervos da sua coxa são entrelaçados.

Seus ossos são tubos de bronze
E seus membros como barras de ferro.

Ele é o começo das obras de Deus;
Diante dele o Criador desembainhou a sua espada.

Pois as montanhas produzem para ele o pasto,
E lá estão todos os animais do campo.

Ele se deita entre as ramadas de lótus,
Na obscuridade dos juncos e dos pântanos.

Os espinheiros o cobrem com suas sombras
E o enlaçam os salgueiros da torrente.

Eis que o rio cresce — e ele não se move,
Nem quando o Jordão se precipita na sua goela.

Apanhá-lo-ão pelos seus olhos?
Por meio de laços o reterão pelo nariz?

Atrairás tu Leviatã com um anzol?
Forçarás a sua língua com uma corda?

Colocarás um caniço em suas narinas?
E com uma adaga perfurarás o seu maxilar?

Multiplicará ele suas súplicas a ti?
Dirigir-te-á palavras doces?

Contrairá contigo uma aliança,
Para que o tomes como se fosse um eterno escravo?

Brincarás com ele como um pássaro?
E o aprisionarás para folguedo de tuas filhas?

Traficarão com ele os pescadores?
Farão dele uma partilha com os negociantes?

Encherás de dardos a sua pele
E sua cabeça de arpões para os peixes?

Levanta a tua mão contra ele e pensa no combate,
E não mais desejarás recomeçar.

Num só minuto o teu valor se achará destruído,
Somente a sua visão causar-te-á pavor.

Não existe temerário que ouse incitá-lo.
E, a mim, quem ousaria resistir-me?

Quem me deu, para que eu restitua?
Tudo o que existe sob o céu pertence a mim.

Não ocultarei o detalhe dos seus membros,
De sua força e da sua bela estrutura.

Quem descobriu a superfície da sua roupa,
Quem penetrou a dupla fila dos seus dentes?

Quem abriu a porta da sua goela?
Em torno dos seus dentes o medo paira.

As linhas que ornam suas escamas são soberbas,
Fortes anéis fechados o estreitam como por um cadeado.

Um tão próximo do outro,
Que o ar não pesa entre os dois.

Um preso ao outro,
Permanecem juntos e são inseparáveis.

Seu espirro faz nascer a luz,
Seus olhos brilham como o raio da aurora.

Da sua goela saem flamas,
Faíscas se elevam.

Suas narinas deixam escapar fumo,
Como de um vaso ou um caldeirão que ferve.

Seu sopro torna os carvões incandescentes
E uma rubra chama sai da sua goela.

Seu corpo é o trono da força, ante ele o terror se alastra.

Suas partes carnosas são unidas
Como inexoravelmente fundidas sob a escama.

Seu coração é duro como a pedra,
Duro como a pedra do moinho.

Quando ele se levanta os fortes vivem no temor,
E de pavor sucumbem.

A espada o atinge sem sucesso,
Do mesmo modo a lança, o dardo e o javelô.

Para ele o ferro é como se fosse palha,
O bronze, uma madeira apodrecida.

A flecha não o põe em fuga,
As pedras da funda são para ele como palha.

Leve como palha também parece a bruta massa,
Do ringir da lança ele se ri.

Seu corpo descansa em agudas pedras
E sua cama de dardos, ele a estende sobre o limo.

Faz arder como uma caldeira o mar profundo
E o agita como um vaso de incenso.

Por detrás da sua cauda a vereda se ilumina,
O abismo parece branco como a barba de um velho.

Ninguém o doma sobre a terra,
Ele, que é feito para não temer a coisa alguma.

O seu olhar fita com desdém tudo o que existe de soberbo,
Nada o ultrapassa, pois, dos filhos do orgulho, ele é o rei.

Então Job respondeu a Jeová
E disse:

Eu sei que tudo podes,
E que nenhum pensamento te é oculto.

"Quem é este que obscurece deste modo o meu
[pensamento?"
Decerto eu disse o que não compreendia,
Coisas maravilhosas e que ultrapassam a minha inteligência.

"Escuta, pois, e eu te falarei,
Eu te interrogarei e tu me instruirás."

Pela percepção do meu ouvido eu te escutei,
E agora meus olhos te reconheceram.

Este é o motivo por que eu me retrato e me arrependo
Sobre a poeira e sobre a cinza.

Depois que Jeová tinha dirigido tais palavras a Job, ele disse a Elifaz de Temã:

"Minha cólera se inflamou contra ti e contra os teus dois amigos, porque não falastes a meu respeito do mesmo modo que o meu servidor Job. E, agora, tomai sete touros e sete carneiros, e ide ao mesmo Job e oferecei um holocausto em vosso favor; e meu servidor Job rezará por vós, pois com ele só terei consideração por não ter agido segundo a vossa loucura; pois não falastes ao meu respeito do mesmo modo que Job."

Elifaz de Temã, Bildá de Suás e Sofar de Naamá foram, pois, e fizeram como Jeová lhes tinha dito, e Jeová considerou a Job.

Jeová reparou a perda de Job porque ele tinha orado por seus amigos, e aumentou pelo dobro tudo o que ele outrora possuíra.

Todos os seus irmãos, todas as suas irmãs e aqueles que o tinham conhecido antes vieram à sua casa e comeram pão com ele, e exprimiram o seu pesar prosternando-se, e o consolaram de toda a desgraça pela qual Jeová o tinha afligido; e a cada um ele deu uma peça de prata e um anel de ouro.

E Jeová bendisse o fim de Job, mais ainda do que o seu começo: ele possuiu quatorze mil ovelhas, seis mil camelos e mil casais de bois, além de mil jumentas.

E teve ainda sete filhos e três filhas.

Ele chamou a uma lamina, à outra Kesia e à terceira Keren-Hapouch.

Não se encontraram mais em todo o país mulheres mais belas do que as filhas de Job, e seu pai lhes deu uma herança idêntica à dos seus irmãos.

Depois disto Job viveu ainda cento e quarenta anos; viu seus filhos e os filhos dos seus filhos até a quarta geração.

Job morreu em idade avançada e farto em dias.

A primeira edição deste livro foi impressa nas oficinas da
CROMOSETE GRÁFICA E EDITORA para a
EDITORA JOSÉ OLYMPIO LTDA., em janeiro de 2022.

*

90° aniversário desta Casa de livros, fundada em 29.11.1931